Dieses Buch gehört:

Foto: © cbj, München

Enid Blyton, 1897 in London geboren, begann im Alter von 14 Jahren, Gedichte zu schreiben. Bis zu ihrem Tod im Jahre 1968 verfasste sie über 700 Bücher und mehr als 10 000 Kurzgeschichten. Bis heute gehört Enid Blyton zu den meistgelesenen Kinderbuchautoren der Welt. Ihre Bücher wurden in über 40 Sprachen übersetzt.

Von Enid Blyton ist bei cbj
folgende Serie erschienen:

»Fünf Freunde« (65 Bände)

Enid Blyton™

Fünf Freunde
und der Fluch der Wikinger

Illustriert von
Bernhard Förth

cbj

cbj ist der Kinder- und Jugendbuchverlag
in der Verlagsgruppe Random House

MIX
Papier aus verantwortungsvollen Quellen
FSC® C014496

Verlagsgruppe Random House FSC-DEU-0100
Das für dieses Buch verwendete FSC®-zertifizierte Papier
München Super Extra liefert Arctic Paper Mochenwangen GmbH.

Gesetzt nach den Regeln der Rechtschreibreform

1. Auflage 2012

Ein neues Abenteuer der von Enid Blyton
erfundenen Figuren »Fünf Freunde«
Diese Geschichte wurde von Sarah Bosse geschrieben.

Lektorat: Andreas Rode
Umschlagbild: Silvia Christoph
Innenillustrationen: Bernhard Förth
Umschlaggestaltung: Atelier Langenfass, Ismaning
SaS – Herstellung: UK
Satz: Uhl + Massopust, Aalen
Druck: GGP Media GmbH, Pößneck
ISBN 978-3-570-15334-5
Printed in Germany

www.cbj-verlag.de

Grüße aus dem hohen Norden

»Ah ja, so liebe ich das!«, rief Georg. Mit ausgebreiteten Armen drehte sie sich auf der Wiese im Kreis. Vom Meer her wehte eine frische Brise und blähte ihre Windjacke. Ihr Hund Tim sprang laut kläffend um ihre Beine. Er freute sich ebenso wie Georg, dem Internat für einige Zeit entkommen und endlich wieder in der Felsenbucht zu sein.

Tante Fanny stand mit Anne auf der Terrasse des Felsenhauses und lachte. Auch sie hatte gute Laune. Wenn die Kinder zu Besuch waren, brachten sie Leben ins Haus.

Annes Brüder Richard und Julius waren bereits die Treppe hinaufgestürmt, um ihr Zimmer in Besitz zu nehmen und die Rucksäcke auszupacken. Leise waren sie dabei nicht. Das war jedoch nicht weiter schlimm, denn Georgs Vater, Onkel Quentin, der oft Ruhe zum Arbeiten brauchte, war heute nicht daheim.

»Und jetzt koche ich euch erst einmal etwas Feines«, sagte Tante Fanny und klatschte in die Hände. »Ihr seid von der Fahrt sicher hungrig.«

»Ich helfe dir natürlich«, rief Anne, die nur auf

das Stichwort gewartet hatte, denn die Arbeit in der Küche machte ihr großen Spaß. »Was soll es denn geben?«

»Ich hatte an Bratwurst gedacht – und dazu Kartoffeln und einen großen Topf Möhrengemüse«, erklärte Tante Fanny. »Was meinst du?«

Sogleich spurtete Anne los. Sie kannte sich im Haus der Tante gut aus und wusste, wo alles stand. Die Kartoffeln waren schnell aus dem Keller geholt und Anne begann eifrig mit dem Schälen.

Richard kam vorbeigeflitzt und bewegte die Finger wie Spinnen vor ihrem Gesicht. »Aber vergiss nicht, die Augen auszustechen, liebe Schwester«, rief er albern. »Ich mag es nicht, wenn mich die Kartoffeln angucken.«

Mit einem lauten Platsch ließ Anne eine dicke Kartoffel in den mit Wasser gefüllten Topf fallen, sodass ihr Bruder über und über nass gespritzt wurde.

Richard schüttelte sich wie ein Hund. »Das zahle ich dir heim!«, rief er lachend und drohte Anne mit der Faust.

Die griff nach einem Geschirrtuch und schlug damit nach ihm. »Mach, dass du fortkommst, du

Wicht!« Auch sie musste lachen. »Oder hilf beim Kartoffelschälen.«

Richard schlüpfte durch den Türspalt. »Bin schon weg.« Kartoffelschälen gehörte nicht unbedingt zu seinen großen Leidenschaften. Außerdem sahen die Knollen nachher eher geschnitzt aus als geschält.

Tante Fanny legte einen großen Kringel Bratwurst in eine Pfanne mit heißem Fett und trat einen Schritt zurück, um keine Fettspritzer abzukriegen.

Sogleich steckte Richard seine Nase wieder zur

Tür herein. »Was rieche ich da? Es gibt Bratwurst? Wie lecker!«

Zack! Anne hatte mit ihrem Handtuch genau das Gesicht ihres Bruders getroffen. »Deck lieber den Tisch, anstatt Unfug zu treiben!«

»Aber, Anne, das hab ich längst gemacht!«, rief Richard empört.

Anne schüttelte den Kopf. »Das hätte mir klar sein müssen, du tust schließlich alles dafür, um möglichst schnell an deine Mahlzeit zu kommen.«

»Also, ich freue mich immer über Richards gesunden Appetit.« Tante Fanny putzte sich die Hände an ihrer Schürze ab und nahm eine kleine Porzellanschüssel aus dem Schrank. »Hier, Richard. Ihr könntet in den Garten gehen und uns zum Nachtisch ein paar Erdbeeren pflücken. Einige sind noch da.«

Das ließ Richard sich nicht zweimal sagen und verschwand mit der Schüssel im Garten, gefolgt von Julius und Georg.

Die meisten Erdbeeren waren schon abgeerntet, aber wenn sie die kleinen Pflanzen gründlich absuchten, so sollte die Ausbeute für eine kleine Portion pro Person reichen.

»Wie ich meine Mutter kenne, hat sie auch noch

frische Schlagsahne dazu«, sagte Georg fröhlich, die es genoss, wieder im Felsenhaus zu sein. »Dann werden wir auf jeden Fall satt. Na ja, außer Richard vielleicht.«

Richard boxte sie lachend in die Seite. »Meine liebe Georg, du vergisst, dass der Nachtisch nicht dazu da ist, sich satt zu essen, sondern die Hauptspeise.«

Plötzlich wurde ihre Aufmerksamkeit von Motorenlärm in Anspruch genommen. Alle drei blickten wie auf Kommando auf und Tim spitzte die Ohren.

»Nanu!«, rief Julius, als sie in der Ferne mehrere schwer beladene Lastwagen die Küstenstraße hinaufkeuchen sahen. An ihren Türen prangte ein rot-grünes Emblem. Einer von ihnen hatte einen Bagger geladen. »Gibt es hier irgendwo eine Großbaustelle?«

Georg zuckte die Schultern. »Keine Ahnung, schließlich bin ich genauso lange nicht hier gewesen wie ihr.«

»Fragen wir Tante Fanny«, schlug Julius vor. Er wog die Schüssel in beiden Händen. »Ich glaube, wir haben jetzt auch alle Erdbeeren gefunden, die reif genug sind.«

Tante Fannys Gesicht war von der Arbeit am Herd gerötet, feine Haarsträhnen tanzten wie Spinnenweben um ihre Stirn. Doch das fröhliche Lächeln war nicht von ihrem Gesicht verschwunden. Gemeinsam setzten sie sich an den Esstisch. Tim machte es sich auf dem Boden bequem – immer bereit aufzuspringen, falls etwas für ihn abfallen würde. Jetzt fragte Georg ihre Mutter, was es mit dem Baustellenverkehr auf sich habe.

Tante Fanny überlegte einen kurzen Moment. »Die können nur auf dem Weg zu *Hunter's Farm* sein. Du weißt doch, wo *Hunter's Farm* ist? Ein gutes Stück die Küstenstraße hinauf.«

»*Hunter's Farm*?«, fragte Julius, der von diesem Ort noch nie gehört hatte. »Was wird denn dort gebaut? Ein neuer Stall oder eine Scheune?«

Tante Fanny wischte sich den Mund mit der Stoffserviette ab und schüttelte den Kopf. »Nein, das kannst du ja nicht wissen, aber *Hunter's Farm* wird schon lange nicht mehr als Hof bewirtschaftet. Ein paar Tiere halten sie noch, aber nur für den Eigenbedarf. Und Pferde, auf denen die Gäste reiten können. *Hunter's Farm* ist jetzt eine Gastwirtschaft, die sehr idyllisch an der Küste liegt. Wenn ich richtig informiert bin, wollen sie dort erweitern und ein richtiges Ausflugslokal daraus machen. Aber mehr weiß ich auch nicht. Übrigens finde ich, ohne mich selbst loben zu wollen, dass der Möhreneintopf sehr gut schmeckt.«

»Er schmeckt einfach köstlich!« Richard schob sich einen großen Löffel voll in den Mund und aß mit Genuss. »Wenn ich da an die Pampe denke, die man uns letztens im Internat als Möhrengemüse angeboten hat … als hätte man es mit Zweikomponentenkleber gekocht. Man konnte den Löffel senkrecht hineinstellen. Und geschmeckt hat es genau so, wie es aussah.«

»Ein Grund mehr, ins Felsenhaus zu kommen«, rief Anne.

Ein Geräusch ließ sie alle aufhorchen: Das musste Onkel Quentin sein, der mit dem Auto den Kiesweg entlanggefahren kam und nun vor dem Haus hielt.

»Er war bei einer Konferenz«, erklärte Tante Fanny. »Hoffen wir, dass er nicht allzu erschöpft ist.«

Georg wusste, was ihre Mutter damit meinte. Wenn ihr Vater müde war, wollte er seine Ruhe haben. Dann war es mit der ausgelassenen Stimmung vorbei und sie durften sich nur noch ganz leise durch das Felsenhaus bewegen. Seufzend sah sie ihrer Mutter hinterher, die in den Flur gegangen war, um ihren Mann zu begrüßen.

Aber Georgs Sorge war unbegründet. Onkel Quentin war nicht nur bester Laune, sondern für seine Verhältnisse sogar ziemlich überschwänglich: Den Jungen klopfte er kameradschaftlich auf die Schulter und Anne versicherte er, sie sei noch hübscher geworden. Dann ließ er sich am Tisch nieder. »Ich hoffe, ihr habt mir noch genug übrig gelassen. Ich habe nämlich einen Riesenhunger. Der Imbiss, der uns heute Mittag gereicht wurde, war einfach ungenießbar. Ich konnte noch nicht einmal herausfinden, was das sein sollte.«

»Na, dann lass dir jetzt Tante Fannys Möhreneintopf schmecken.« Anne gab ihrem Onkel eine große Kelle voll auf den Teller. »Er ist vorzüglich.«

Julius reichte ihm die Bratwurst. »Und die hier ebenfalls.«

Nur Tim verkrümelte sich nun in die Ecke. Er wusste genau, dass Onkel Quentin es nicht mochte, wenn er mit am Tisch war.

Onkel Quentin begann zu essen und lobte zwischen den einzelnen Bissen immer wieder Tante Fannys Kochkünste. Dann aber wechselte er das

Thema. »Eben sind mir Baustellenfahrzeuge entgegengekommen«, sagte er kauend. »Nun geht es wohl bei *Hunter's Farm* zur Sache, nicht wahr?«

»Ja, wir sprachen eben darüber«, sagte Tante Fanny.

»Eine vorzügliche Lage für ein Hotel«, erwiderte Onkel Quentin.

»Ein Hotel wollen sie dort sogar bauen?« Tante Fanny war erstaunt. »Nun, auf den Baustellenverkehr werden wir uns in den nächsten Wochen wohl einstellen müssen. So ein Komplex baut sich auch nicht von heute auf morgen. Hoffen wir, dass sie nicht so einen klobigen Kasten in die schöne Küstenlandschaft bauen.«

Zwei Tage später, als sie gerade beim Frühstück saßen, klingelte das Telefon. Onkel Quentin knurrte ungehalten, denn er mochte es nicht, bei den Mahlzeiten gestört zu werden.

Tante Fanny war bereits aufgesprungen, um das Gespräch entgegenzunehmen. Kurz darauf kam sie zum Tisch zurück. »Quentin, ich befürchte, du wirst dein Frühstück für einen Moment unterbrechen müssen. Da ist jemand vom Institut dran. Er sagt, es sei dringend.«

Unwillig wischte Onkel Quentin sich den Mund ab und verließ leise vor sich hin schimpfend den Raum.

Die Freunde blickten sich fragend an und Tante Fanny zuckte die Schultern. »Da bin ich aber mal gespannt, was da nicht warten kann.«

Aber Onkel Quentin verriet nichts, als er an den Tisch zurückkehrte. Rasch stürzte er seinen Kaffee hinunter und bat dann: »Fanny, sei so gut und packe mein Brot weg. Ich esse es auf, wenn ich wieder da bin. Ich muss jetzt leider sofort los.«

»Aber …« Tante Fanny sprang auf und rückte Onkel Quentin die Krawatte zurecht, die schief unter seinem Kragen saß. »Wohin denn so plötzlich?«

»Zu *Hunter's Farm*. Meine Fachkenntnisse werden dringend gebraucht.«

Georg war ebenfalls aufgesprungen, was Tim zum Anlass nahm, sich neben sie zu stellen und aufgeregt mit dem Schwanz zu wedeln, als würden sie auch jeden Moment aufbrechen. »*Hunter's Farm*? Das klingt spannend.«

»Ich weiß noch nicht so recht«, erwiderte Onkel Quentin unverbindlich und dann war er auch schon zur Tür hinaus verschwunden.

Nachdem die Freunde geholfen hatten, den Frühstückstisch abzuräumen und das Geschirr zu spülen, passte Richard einen Moment ab, in dem Tante Fanny außer Hörweite war. »Sag mal, Georg, kennst du den Weg zu *Hunter's Farm*?«

»*Hunter's Farm*?«, rief Georg, senkte aber sofort ihre Stimme. »*Hunter's Farm*? Willst du etwa meinem Vater hinterherschnüffeln?«

Richard rümpfte die Nase. »Also, schnüffeln würde ich das nicht nennen. Aber du hast doch bestimmt auch überlegt, was da Interessantes sein mag, oder? Und ich dachte, da wir heute noch nichts anderes vorhaben, könnten wir …«

Georg winkte ab. »Vergiss es. Wenn mein Vater merkt, dass wir ihm gefolgt sind, kann er ziemlich ungnädig werden. Du kennst ihn doch.«

»Er muss es ja nicht merken.« Richard war überrascht. Normalerweise war Georg diejenige, die als Erste aktiv wurde, wenn irgendwo etwas Interessantes zu entdecken war. Irgendwie konnte er es aber auch verstehen, denn es ging in diesem Fall um Onkel Quentin, mit dem oft genug nicht gut Kirschen essen war. Wenn er sich durch die Freunde in irgendeiner Weise gestört fühlte, dann war Georg diejenige, die es abkriegte. Andererseits konnte man von Onkel Quentin eine Menge lernen und er hatte ihnen schon so manches Mal zu einem echten Abenteuer verholfen.

Seufzend gab Richard nach: »Okay, warten wir einfach ab, bis er wieder daheim ist, und fragen ihn, was es auf *Hunter's Farm* gegeben hat.«

Doch wie es in solchen Situationen immer zu sein scheint, war es auch diesmal. Wenn man auf etwas wartet, kommt einem die Zeit viel länger vor. Und tatsächlich wurde ihre Geduld auf eine harte Probe gestellt. Bis Onkel Quentins Auto endlich die Einfahrt hinaufschnaufte, hatten die Freunde schon allerlei getan: Sie hatten die Einkäufe für Tante Fanny erledigt, hatten den Rasen gemäht, zu Mittag gegessen und Fußball gespielt und Tante Fanny geholfen, eine alte Truhe vom Speicher zu schleppen, die nun auf der Terrasse stehen sollte, damit die Polster der Gartenmöbel darin Platz fanden. Schließlich hatten sie auch noch Tim gebadet, der sich auf dem Feld im Dreck gewälzt hatte. Ja, sie waren sogar schon dabei, das Abendbrot zu bereiten.

Es war nicht zu übersehen, dass Onkel Quentin angestrengt nachdachte. Er schloss die Haustür hinter sich und verschwand, die Stirn in tiefe Falten gelegt, sofort in seinem Büro. Er war so sehr in seine Gedanken versunken, dass er sogar vergaß, die Familie zu begrüßen.

»Oha«, kommentierte Georg diesen Auftritt.

Im selben Moment öffnete ihr Vater die Tür seines Arbeitszimmers wieder und sagte: »Georg, ich habe dir doch vor einiger Zeit ein Buch über die Wikinger ausgeliehen. Ich hoffe, du hast es aus dem Internat wieder mitgebracht.«

»Ich hatte es gar nicht mitgenommen«, antwortete Georg verdutzt. »Es liegt oben in meinem Zimmer.«

»Dann hol es bitte herunter«, sagte Onkel Quentin. »Und sei zukünftig so umsichtig und gib mir die Bücher unaufgefordert wieder zurück, wenn du sie nicht mehr brauchst.«

»Aber…«, wollte Georg protestieren, denn sie hatte durchaus vorgehabt, noch weiter darin zu lesen. Doch ihre Mutter machte ihr mit einem angedeuteten Kopfnicken klar, dass es besser war, jetzt keine Widerworte zu geben.

Also spurtete Georg hinauf und hoffte, das Buch rasch zu finden. Es war wohl nicht gut, ihren Vater warten zu lassen. Eilig durchsuchte sie ihr Zimmer. Wo hatte sie das Buch nur zuletzt hingelegt? Es war schon eine Weile her. Ah, da lag es ja, im Regal mit ein paar anderen Büchern.

Georg nahm es zur Hand und entdeckte, dass sie ein Lesezeichen hineingelegt hatte. Sie schlug die Seite auf.

Ein zotteliger, blonder Krieger, in der erhobenen Faust ein Beil, starrte ihr mit weit aufgerissenem Mund und blitzenden Augen entgegen. Das Bild war so lebensecht, dass Georg beinahe das Kampfgebrüll hören konnte. Eine Gänsehaut kroch ihr über den Rücken.

Was die Erde verbirgt

Später am Abend kam Onkel Quentin endlich aus seinem Arbeitszimmer und stellte sich den neugierigen Fragen der Freunde.

»Was gibt es denn nun so Aufregendes bei *Hunter's Farm*?«, fragte Georg ungeduldig. »Warum musstest du Hals über Kopf aufbrechen?«

Onkel Quentin, der ja das Abendessen verpasst hatte und nun noch einen späten Imbiss zu sich nahm, biss ein Stück Gewürzgurke ab und sagte dann kauend: »Nun, wir mussten die Baustelle stilllegen.«

»Was?« Julius rückte seinen Stuhl näher an den Onkel heran. Jetzt wurde es sicher interessant. »Aber warum denn? Erzähl doch mal. Oder darfst du darüber nicht sprechen?«

Onkel Quentin nickte. »Doch, schon. Ihr werdet es morgen ohnehin in der Zeitung lesen können, aber ihr gehört sozusagen zu den Ersten, die davon erfahren.« Doch dann spannte er die Kinder noch ein wenig auf die Folter, denn er aß erst in Ruhe die belegten Brote, die Tante Fanny ihm zurechtgemacht hatte. Dann lehnte er sich im Stuhl zurück. Das war ein sicheres Zeichen dafür, dass er weiter ausholen würde.

Die Freunde lauschten aufmerksam.

»Georg, sei doch so gut und hol mal deinen Zeichenblock und einen Bleistift, dann kann ich euch eine Skizze machen. Es ist nämlich wirklich interessant.«

»Warte!« Julius sprang auf und eilte zur Garderobe. »Ich habe meinen Skizzenblock hier in meinem Rucksack.«

Er holte den Block und einen Bleistift herbei und gab beides seinem Onkel. Anne räumte rasch das Geschirr in die Küche, damit Onkel Quentin genug Platz hatte.

Onkel Quentin war ein guter Zeichner. Anscheinend hatte Georg das Talent von ihrem Vater geerbt. Im Nu hatte er eine Skizze von *Hunter's Farm* aufs Papier gebracht. »So, im rechten Winkel liegen die beiden Gebäude von *Hunter's Farm*. Hier die Gaststätte und dort das große Wirtschaftsgebäude, an dessen Ende die Ställe liegen.« Dann setzte er die Bleistiftspitze auf der anderen Seite an und zeichnete mit einer gestrichelten Linie ein weiteres Haus ein, das sich so an die anderen anschloss, dass es mit diesen einen u-förmigen Gebäudekomplex bildete. »Und hier nun soll das neue Hotel entstehen. Leider soll es ein ziemlich großer Klotz werden – mit über vierzig Betten. Aber hier genau liegt das Problem.« Onkel Quentin hielt einen kurzen Moment inne und tippte mit dem Ende des Bleistiftes an sein Kinn. »Das heißt, nein, es ist eigentlich gar kein Problem. Im Gegenteil: Wenn es das ist, was ich vermute, dann ist es ein Geschenk. Aus meiner Sicht. Der Besitzer sieht das natürlich anders.«

Georg rutschte auf die vordere Kante des Stuhls und sah Onkel Quentin an. »Vater, könntest du uns vielleicht das Ganze auch so erklären, dass wir verstehen können, worum es geht? Bisher klingt es eher wie ein Rätsel.«

Onkel Quentin, der offenbar für einen kurzen Moment in Gedanken zu *Hunter's Farm* zurückgekehrt war, zuckte leicht zusammen. »Oh, entschuldigt bitte, ich bin noch so in den Ereignissen des heutigen Tages drin, dass ich ganz vergessen habe, das Wichtigste zu erwähnen. Also, die Sache ist die: Die Bauarbeiter haben heute damit begonnen, an der Stelle, an der das Hotel entstehen soll, das Erdreich auszuheben. Das Gebäude soll nämlich voll unterkellert werden. Zum Glück, denn sonst hätte man es nie entdeckt.«

»Was denn?« Langsam wurde Georg ungeduldig. »Spann uns doch nicht so auf die Folter!«

Onkel Quentin machte ein wichtiges Gesicht. »Wir können wirklich dankbar sein, dass der Baggerführer so besonnen war und die Arbeit unmittelbar eingestellt hat, als seine Baggerschaufel an etwas hängen geblieben ist, das ihm seltsam vorkam. Und er war sogar so besonnen, uns als Fachleute einzuschalten.«

Fast dachte Georg, ihr Vater wollte immer noch nicht mit der Sprache herausrücken und erzählen, was sie da nun gefunden hatten. Aber dann zog er den Block näher zu sich heran und begann zu zeichnen. »Das, was bisher freigelegt wurde, sieht in etwa so aus.«

Georg betrachtete die Skizze von allen Seiten. »Was soll das sein, Vater?«

Onkel Quentin lehnte sich zurück und verschränkte die Hände ineinander. »Wenn ich mit meinen Vermutungen richtig liege, dann handelt es sich um die Reste eines Wikingerschiffes.«

Georg sprang erregt auf und stieß dabei so heftig gegen den Tisch, dass etwas Tee aus der Tasse ihres Vaters schwappte. »Ein Wikingerschiff! Deshalb hast du auch das Buch gebraucht!«

Auch Julius war begeistert. »Wie geht es denn jetzt weiter? Erzähl doch mal.«

Onkel Quentin versuchte, die Kinder in ihrer Euphorie zu bremsen, indem er sagte: »Ruhig Blut. Zuerst einmal muss der Fund weiter freigelegt werden. Dann erst kann man sagen, ob es tatsächlich ein Schiff aus der Wikingerzeit ist. Und dann muss man entscheiden, wie man weiter verfährt.«

Tante Fanny brachte die Kehrseite dieses Er-

eignisses auf den Punkt. »Das wird Mr Jefferson von *Hunter's Farm* aber ganz und gar nicht freuen, denn das wird das gesamte Bauprojekt um Wochen zurückwerfen, nicht wahr? Wenn er Pech hat, sogar um Monate.«

Onkel Quentin griff nach Tante Fannys Hand. »Meine liebe Fanny, es geht sogar noch weiter. Wenn sich die ganze Sache als außerordentlicher und spektakulärer Fund entpuppt, dann kann es sein, dass er an der Stelle gar nicht wird bauen können.«

»Das wäre aber auch gemein«, meinte Anne. Dann begann sie zu kichern. »Ich stelle mir gerade vor, dass Mr Jefferson jetzt sauer auf den Baggerführer ist. Denn hätte der nicht genau hingeschaut und reagiert, sondern einfach weitergegraben, dann könnte das Hotel jetzt gebaut werden.«

»Und ein weltgeschichtlich bedeutendes Fundstück wäre für immer verloren«, ergänzte Richard.

Nachdem Onkel Quentin den verschütteten Tee mit der Serviette aufgetupft hatte, nippte er an seiner Tasse. »Das ist erst einmal alles reine Spekulation. Wie gesagt, zunächst muss das Objekt vorsichtig freigelegt werden und dann sehen wir weiter.«

»Und wer macht das?«, wollte Anne wissen. »Ich meine das Freilegen. Doch sicher nicht das Bauunternehmen, oder?«

Onkel Quentin schüttelte den Kopf. »Natürlich nicht. Schon morgen wird ein Trupp vom archäologischen Institut anrücken und das Fundstück weiter freilegen.«

»Wirst du auch dabei sein?«, fragte Richard.

»Ja, selbstverständlich, und falls ich mit meiner Ahnung richtig liege und es sich tatsächlich um das handelt, was ich vermute, dann werde ich bis zum Ende des Projekts beteiligt sein.«

Georg war begeistert. Ein waschechtes Wikingerschiff ganz in ihrer Nähe! Wer hätte das gedacht? Das eindrucksvolle Bild des jungen Wikingers in Kampfpose, das sie vorhin noch in dem Buch gesehen hatte, kam ihr wieder in den Sinn. Was müssen das für Zeiten gewesen sein, als diese die Küstenregionen unsicher machten und niemand vor ihren Überfällen sicher war.

Aufgeregt fragte sie ihren Vater: »Dürfen wir dabei sein, wenn das Schiff ausgegraben wird? Es ist so wahnsinnig spannend!«

Tante Fanny hob beschwichtigend die Hände. »Georg, Liebes, ich denke, das Letzte, was die Archäologen gebrauchen können, sind ein paar neugierige Kinder, die ihnen im Weg stehen.«

Aber zu ihrem Erstaunen willigte Onkel Quentin ein. »Lass nur, Fanny, ich finde es ja gut, wenn sich die jungen Leute für Historisches interessieren. Ich denke, es geht in Ordnung, wenn ihr mich morgen begleitet. Aber in einem hat deine Mutter recht, Georg, ihr dürft wirklich nicht im Weg herumstehen. Das müsst ihr versprechen.«

Julius versicherte, dass das nun wirklich kein Problem für sie sei. »Schließlich sind wir ja nicht das erste Mal bei Ausgrabungen dabei. Beim letzten Mal wurden wir sogar in die Arbeit mit eingespannt, erinnerst du dich, Onkel Quentin?«

Der Onkel lachte. »Ja, sicher erinnere ich mich. Wobei ich mich auch erinnere, dass es euch ganz schön gelangweilt hat, beim mühsamen und eintönigen Katalogisieren der kleinen Fundstücke zu helfen. Aber diesmal liegt der Fall ja anders.«

Tante Fanny klatschte in die Hände. »Wenn das so ist, schlage ich vor, dass ihr flugs schlafen geht. So wie ich die Sache einschätze, geht es morgen in aller Frühe los. Habe ich recht, Quentin?«

Onkel Quentin gähnte. »Ja, in der Tat. Ich werde jetzt auch ins Bett gehen. Ich bin doch zugegebenermaßen ziemlich müde.«

»So ein Pech, dass mein Vater das Buch über die Wikinger in seinem Arbeitszimmer hat«, sagte Georg, als sich die Freunde wenig später noch im Zimmer der Jungen zusammenhockten. Tim hatte sich in ihrer Mitte auf den Boden gekringelt. »Ich würde jetzt zu gern ein bisschen darin blättern und stöbern, um mehr über dieses Volk zu erfahren.«

Wie die Freunde wussten, mochte Onkel Quentin es nicht, dass die Kinder in sein Arbeitszimmer gingen, wenn er nicht dabei war. Und das Risiko, dass er es merkte, wenn sie sich das Buch holten, war einfach zu groß. Das Elternschlafzimmer befand sich nämlich im Erdgeschoss.

Richard sprang auf und trat an das Regal, in dem eine Reihe Bücher stand, unter anderem ein altes Lexikon seines Onkels. »Schauen wir doch wenigstens hier einmal hinein«, schlug er vor und nahm den entsprechenden Band heraus.

Anne, der von der ungewohnten Haltung im Schneidersitz der Rücken steif wurde, umfasste ihre Knie und lehnte sich ein Stück nach hinten. Ein wenig träumerisch sagte sie: »Ich stelle mir unter den Wikingern immer nur kräftige und wilde Männer mit Eisenhelmen vor, die struppige blonde Haare haben und brüllend durch die Gegend rennen, um irgendwelche Dörfer zu überfallen.« Sie musste grinsen. »Aber die Wikinger können ja schlecht nur solche Männer gewesen sein. Es muss doch auch Frauen gegeben haben, Kinder und Alte.«

»Hm«, machte Julius. »Wenn ich mich recht erinnere, haben wir mal in der Schule gelernt, dass es *die* Wikinger schlechthin sowieso nicht gab. Aber schauen wir doch, was das Lexikon uns sagt.« Er nickte Richard auffordernd zu, der inzwischen die richtige Seite aufgeschlagen hatte.

Richard überflog einen Abschnitt, bevor er zu sprechen begann. »Hier steht, es war ein zur See fahrendes Volk aus dem Nord- und Ostseeraum. Wie Julius schon richtig erklärte, gibt es die Wikinger schlechthin nicht. Zum einen gab es da junge Männer, die sich zusammentaten und aus ihrer Gemeinschaft ausbrachen, um auf Beutezug zu gehen, später aber irgendwo sesshaft wurden.«

»Ja, es gibt an den Küsten Nordeuropas mehrere solcher Wikingersiedlungen«, erinnerte sich Anne.

»Zum anderen gab es aber tatsächlich auch solche, die das Überfallen und Ausrauben der Menschen, die an den Küsten lebten, als ihren einzigen Lebensinhalt betrieben«, fuhr Richard fort.

Julius schüttelte den Kopf. »Das klingt sehr danach, dass diese Männer heimatlos waren. Die müssen doch unentwegt auf Beutezug gewesen sein.«

Anne fröstelte. »Das ist wieder so ein Moment, in dem ich froh bin, dass ich heute lebe und nicht damals. Stellt euch vor, man müsste hier an der Küste permanent Angst haben, von diesen Raubeinen überfallen zu werden. Spielen am Strand könntest du da getrost vergessen.«

Georg dagegen grinste verschmitzt. »Andererseits war das bestimmt auch eine spannende Zeit.«

»Stell dir das bloß nicht romantisch vor«, sagte Julius.

»Romantisch?«, rief Georg. »Aber keineswegs, lieber Julius!«

Richard tippte auf die Buchseite. »Hier steht, dass diese Überfälle bereits am Ende des achten Jahrhunderts begannen. Und diese zweite Gruppe, von der ich eben sprach, muss unvorstellbar grausam gewesen sein. Also, Georg, seien wir lieber froh, dass wir nicht in so einer Zeit leben.«

Julius pfiff anerkennend durch die Zähne. »Man muss sagen, dass diese Nordmänner schon sehr früh sehr firm in der Schifffahrt waren. Überlegt mal, dass die damals schon Schiffe hatten, mit denen sie so weite Strecken zurücklegen konnten.«

Anne hielt sich die Hand über die Augen, als sei sie ein Matrose, der im Mastkorb eines Segelschiffes Wache hielt. »Aber immer in Küstennähe. Und immer schön Ausschau halten, wo das nächste Dorf ist, das man überfallen kann, um den armen Fischern das letzte Hemd zu klauen.«

»Oder mit ihnen kurzen Prozess zu machen.« Richard fuhr sich mit dem Zeigefinger über die Kehle. »Pah, ich mag gar nicht dran denken!«

Julius winkte ab. »Aber wie wir wissen, waren sie ja nicht alle so. Die Nordmänner haben ja zum Beispiel auch Siedlungen gegründet, die sie als Handelsstützpunkte nutzten. Vollkommen friedlich.«

»Wenn ich das aus dem Geschichtsunterricht richtig in Erinnerung habe, dann endete die Wikingerzeit mit der Schlacht bei Hastings 1066«, sagte Georg. »Stimmt's?«

Richard nickte und klappte das Buch zu. »Und unsere Zeit endet für heute auch, befürchte ich. Ich bin sehr müde, und wenn wir morgen früh mit Onkel Quentin aufbrechen wollen, dann sollten wir ausgeschlafen sein.«

Anne streckte die Beine aus, die ihr vom langen Sitzen im Schneidersitz ganz steif geworden waren. »Da hast du sicher recht. Obwohl ich noch gar nicht so müde bin.«

»Dann lies halt noch ein bisschen«, schlug Georg vor und gähnte herzhaft.

Doch Anne konnte sich nicht auf ihr Buch konzentrieren und löschte bald das Licht. Lange lag sie noch wach und starrte in die Dunkelheit des Zimmers, aus der sich nur ganz schwach die Umrisse der Möbel abhoben. Morgen würden sie vielleicht miterleben, wie ein echtes Wikingerschiff, das über Jahrhunderte in der Erde verborgen gewesen war, wieder ans Tageslicht kam. Dieser Gedanke verlieh ihrer Fantasie Flügel. Wie das Schiff wohl dorthin gekommen war?

Zeitreise

Die schweren Bagger standen abseits der Baugrube wie träge Saurier, die darauf warteten, dass man ihnen Leben einhauchte. Doch es würde eine Weile dauern, bis sie wieder zum Einsatz kommen konnten. Denn nun waren erst einmal die Mitarbeiter des archäologischen Museums dabei, die Fundstelle auszumessen und dann das Holzteil, welches die Baggerschaufel nur um Zentimeter verfehlt hatte, fachmännisch freizulegen.

Es war noch empfindlich frisch und der Tau lag über dem gesamten Gelände. Die ersten Sonnenstrahlen reflektierten darin und ließen die Landschaft glänzen wie unter einer feinen Zuckerschicht.

Anne fror. Sie hatte so gut wie gar nicht geschlafen, und wenn sie müde war, war ihr immer besonders schnell kalt. Obwohl sie sich zusätzlich unter dem Anorak noch eine Strickjacke angezogen hatte, kam es ihr vor, als krieche ihr die Kälte in die Ärmel. Die Müdigkeit hatte sich ihr wie ein feines Spinnennetz auf das Gesicht gelegt, das sie nun mit der Hand fortzuwischen versuchte. Sie konnte ein Gähnen nicht unterdrücken.

Georg, Richard und Julius dagegen waren ausgeschlafen und munter und plapperten wild über das, was sie beobachteten. Nichts entging ihrer Aufmerksamkeit, obwohl Onkel Quentin ihnen strikte Anweisung gegeben hatte, sich abseitszuhalten, damit sie nicht im Weg standen.

Onkel Quentin hatte das Auto weiter vorn an der Zufahrt geparkt, sodass sie noch ein gutes Stück hatten laufen müssen, bis sie das Gelände erreicht hatten. Als sie ankamen, waren die Mitarbeiter des Instituts schon dabei, das rot-weiße Flatterband abzuwickeln und das Gelände abzusperren. Dabei war es Anne so vorgekommen, als seien sie mitten in der Nacht aufgestanden – so dunkel war es noch gewesen, als sie sich am Frühstückstisch versammelt hatten.

Nun liefen die Wissenschaftler geschäftig hin und her, hantierten mit Bandmaßen und Maßstöcken und riefen sich Zahlen zu.

Anne hüpfte bibbernd von einem Bein aufs andere. Am liebsten hätte sie ihren Onkel gefragt, ob sie sich zum Aufwärmen wieder ins Auto setzen dürfe, aber sie wollte nicht als Memme dastehen.

»Wenn doch nur endlich schon gegraben würde und wir nah dabei sein könnten«, jammerte sie und rieb sich über ihre eiskalte Nasenspitze.

Julius drehte sich überrascht zu seiner Schwester um, so als fiele ihm jetzt erst auf, dass sie auch da war. »Aber, nun sei doch nicht so ungeduldig, Anne. Du weißt doch, dass es wichtig ist, sehr genau bei der Arbeit vorzugehen.«

»Ja, ja«, erwiderte Anne nörgelnd. »Aber es ist wirklich nicht sehr spannend, zuzusehen, wie sie Stangen in den Boden rammen und das Band daran befestigen.«

»He, ihr!«, rief plötzlich jemand hinter ihnen.

Überrascht drehten sich die Freunde um.

Ein Mann in Lodenjoppe und Gummistiefeln winkte sie zu sich. »Quentin hat mir schon erzählt, dass wir heute Zuschauer haben«, erklärte er lachend und schüttelte einem nach dem anderen die Hand. »Und du bist sicher Tim.« Der Mann, der sich selbst als Caspar vorstellte, strubbelte dem Hund durch das Fell. »Aber bevor ihr einfach nur rumsteht und euch langweilt, könntet ihr besser helfen, denke ich mir.«

»Das ist aber nett, Herr Caspar«, erwiderte Julius freudig.

Jetzt lachte der Mann. »Caspar, einfach Caspar, nicht Herr Caspar. Das ist doch viel unkomplizierter, findet ihr nicht?«

Dann forderte er die Freunde auf, ihm zu folgen. Er hob das Absperrband an und einer nach dem anderen schlüpfte darunter hindurch. Dann öffnete Caspar die rückwärtige Klappe eines kleinen Lieferwagens, der mit Holzkisten in verschiedenen Größen beladen war. »Diese Kisten müssten zu meinen Mitarbeitern da drüben gebracht werden. Seid ihr so gut? Sie sind nicht schwer.«

»Klar!«, rief Richard, der auch froh war, etwas zu tun zu haben, und ergriff gleich die erste Kiste. »Oh, die ist ganz leicht. Hier, Anne, willst du die nehmen?«

Als sie mit den Kisten im Gänsemarsch hinübergingen zu der Stelle, an der der Bagger angefangen hatte zu graben, konnten sie zum ersten Mal einen Blick auf das hölzerne Teil werfen, das da aus dem Boden ragte. Von Weitem sah es recht unspektakulär aus, doch je näher sie kamen, desto deutlicher war die Kontur zu erkennen.

Anne spürte, wie ihr Herz plötzlich schneller schlug, und von Frösteln war nicht mehr die Rede. Das erdverschmierte, dunkle Holz sah in der Tat aus wie die löchrige Wand eines kleinen Schiffes!

Julius war von dem Anblick so fasziniert, dass er beinahe über einen Grasbüschel gestolpert wäre. Er empfand so etwas wie Ehrfurcht. Wenn es wirklich ein Schiff aus alten Zeiten war, dann hatten die Wissenschaftler viele Fragen zu klären. Das war einfach nur spannend!

Spannend fand Georg auch etwas anderes. Ihre Aufmerksamkeit wurde für einen Moment von einem Mann gefesselt, der etwas abseits stand, sich mit den Fingern durch sein schütteres Haar

fuhr und ein ratloses Gesicht machte. Georg erkannte ihn wieder. Es war Mr Jefferson, der Besitzer von *Hunter's Farm*.

»Ihr könnt die Kisten hier hinstellen«, sagte ein jüngerer Mann mit schwarzen Haaren und beachtete dann die Freunde nicht weiter. An den Stiefeln der Archäologen klebte Lehm. Zwar hatte es länger nicht geregnet, aber in der bereits ausgehobenen Grube kam schwere, feuchte Erde zum Vorschein. Man hatte eine Leiter hineingestellt und zwei Männer waren hinuntergestiegen, sodass man nur noch ihre Köpfe sah.

Nachdem Georg ihre Kiste abgestellt hatte, hielt sie wieder nach Mr Jefferson Ausschau. Wie lange es wohl dauern würde, bis man das Schiff komplett freigelegt hatte? Und dann? Wie würde man es von hier fort und in ein Museum verfrachten?

Das wird sicher eine Riesenherausforderung werden, dachte Georg. Und Mr Jefferson? Einerseits kann er stolz sein, dass ausgerechnet auf seinem Grund und Boden eine solche Entdeckung gemacht wurde. Das ist bestimmt eine gute Reklame. Andererseits: Was nutzte ihm die Reklame, wenn ihm das Hotel für die Gäste fehlte, weil es noch nicht gebaut werden konnte?

Julius stieß sie an. »He, Georg, willst du dich vor der Arbeit drücken?«

Georg hatte gar nicht mitbekommen, dass die anderen sich schon wieder auf den Weg zum Lieferwagen machten, um die nächsten Kisten zu holen.

Nachdem alle Kisten an Ort und Stelle waren, wagten sich die Freunde näher an die Grube heran und staunten. Die beiden Männer hatten begonnen, mit kleinen Handschaufeln die Erde entlang des Holzstückes abzutragen.

»Pah, das kann ja ewig dauern«, kommentierte Richard. »Wenn die so das ganze Schiff freilegen wollen.«

»Warten wir erst einmal ab, wie viel davon noch übrig ist«, sagte plötzlich eine Stimme neben ihnen. Es war Caspar, den sie gar nicht kommen gehört hatten.

»Immerhin: Alle Anzeichen sprechen dafür, dass es sich tatsächlich um ein Schiff aus der Wikingerzeit handelt«, erklärte er. »Und wenn alle Teile so gut erhalten sind wie das, was wir bereits sehen können, dann ist der Fund sensationell. Ihr wisst, dass man sehr behutsam vorgehen muss.«

»Aber müssen die Schaufeln denn so klein

sein?«, hakte Richard nach, den die kleinen Geräte eher an die Schippchen erinnerten, mit denen sie früher im Sandkasten gespielt hatten.

Caspar nickte. »Leider ja. Das Holz scheint zwar durch den lehmigen Boden relativ gut konserviert worden zu sein, aber dennoch ist es sicher ziemlich marode und damit sehr empfindlich. Wir wollen ja nicht noch mehr Löcher verursachen, als der Zahn der Zeit ohnehin schon hineingefressen hat.«

»Stimmt es, dass es nun, nachdem es an die Luft gekommen ist, schneller verrottet?«, wollte Julius wissen.

»Ja, das ist in der Tat so«, antwortete Caspar. »Wenn es jedoch im Wasser gelegen hätte, wäre dieser Effekt noch ernster zu nehmen. Dennoch müssen wir uns schleunigst Gedanken darüber machen, wie wir das Holz so bald wie möglich konservieren und für die Nachwelt erhalten.«

Inzwischen hatte die Sonne endlich den Morgendunst aufgelöst und schickte die ersten wärmenden Strahlen hinab. Anne atmete auf. Und als dann auch noch jemand zur Frühstückspause rief und heißer Tee ausgeschenkt wurde, war die Welt für sie wieder in Ordnung.

Onkel Quentin hatte sich mit Caspar an einen Campingtisch gesetzt. Sie beugten sich über einen Lageplan und berieten sich.

»Ihren entspannten Gesichtern und dem häufigen Kopfnicken nach zu urteilen, scheinen sie ganz zufrieden zu sein«, meinte Julius.

Georg zeigte lässig mit dem Daumen über die Schulter. »Kein Wunder. Es geht zwar langsam voran, aber das, was sie bis jetzt freigelegt haben, sieht doch ganz vielversprechend aus. Zumindest soweit ich das mit meinen laienhaften Kenntnissen beurteilen kann, versteht sich.«

Richard breitete die Arme aus. »Na hör mal, so ein Stück ist bisher zu sehen. Wie viel mag noch in der Erde verborgen sein?«

Der Schwarzhaarige, der, ebenso wie seine Kollegen, die Freunde bisher kaum beachtet hatte, hatte Richards Frage gehört. »Jedenfalls kann es dauern, bis wir alles freigelegt haben. So ein Schiff ist locker um die zwanzig Meter lang.«

Anne kniff die Augen zusammen und versuchte abzuschätzen, wie viel Arbeit noch vor den Wissenschaftlern lag. Wollte sie nun tatsächlich jeden Tag herkommen, um ihnen bei der Arbeit zuzusehen? So spannend fand sie das nun auch nicht, dass sie die kompletten Ferien damit zubringen wollte. Die anderen konnten ja tun und lassen, was sie wollten, sie für ihren Teil würde sicher auch jede Menge Beschäftigung im Felsenhaus bei Tante Fanny finden.

Doch als am späten Nachmittag die Sonne schon wieder tiefer stand und man beschloss, Feierabend zu machen, staunte Anne. Was die Wissenschaftler bisher freigelegt hatten, war wirklich beachtlich. Und noch beachtlicher war, dass das Schiff nun wirklich Konturen annahm. Vor ihrem inneren Auge sah Anne die wilden Männer aus dem Norden darin sitzen und die Fäuste recken. Plötzlich war die Spannung wieder da. Anne freute sich auf den kommenden Tag.

»Ich habe sie förmlich vor mir gesehen!«, rief sie begeistert, als sie alle beim Abendbrot beisammensaßen, und schüttelte sich. »Wie diese Wikinger mit ihrem Boot auf die Küste zusteuern, um Beute zu machen.«

Onkel Quentin lachte. »Oder Geschenke.«

»Wie meinst du das, Geschenke?«, fragte Anne. »Ich dachte …«

»Die Wikinger hatten im Laufe der Zeit ein großes Netzwerk über ganz Nordeuropa gesponnen, bei dem vor allem die sogenannten Häuptlinge eine große Rolle spielten«, erklärte Onkel Quentin. »Und der Austausch von Geschenken hatte da eine besondere Bedeutung.«

»Wie ein Ritual meinst du?« Auch Julius hörte gespannt zu. »Dann hatten die Geschenke auch immer Symbolcharakter?«

»Ja, und du kannst dir vorstellen, dass man dabei eine Menge falsch machen konnte. Es gab für den Austausch von Geschenken strenge Regeln. Dem König durfte man zum Beispiel nur ganz bestimmte Geschenke machen, wie etwa Pferde oder Jagdvögel. Ansonsten musste das Schenken immer von dem ausgehen, der die höhere Position im sozialen Gefüge einnahm.«

»Puh, das klingt kompliziert.« Richard verdrehte die Augen. »Dann kam es also drauf an, das richtige Geschenk zur richtigen Zeit parat zu haben.«

Anne lachte. »Da haben wir es heute einfacher. Geschenke gibt es zu Weihnachten und zum Geburtstag.«

»Wenn ihr lieb seid«, ergänzte Tante Fanny schmunzelnd.

»Also, ich fände es total spannend, wenn man

eine Zeitreise machen und das Leben der Wikinger einfach mal hautnah erleben könnte«, sagte Georg.

»Nun, dann hätte man für euch Mädchen sicher schon den passenden Gemahl ausgesucht, dem ihr dann in Bälde zur Frau gegeben würdet. Und für euch Jungen wäre die Kinderzeit auch längst vorbei«, erklärte Onkel Quentin und lächelte verschmitzt. »Ihr müsst bedenken, dass die Menschen damals nicht alt wurden. Meist nicht älter als vierzig, fünfzig Jahre.«

Für einen Moment herrschte betretenes Schweigen. Darüber hatten sie gar nicht nachgedacht.

»Ich möchte euch die unangenehmen Details ersparen«, fuhr Onkel Quentin fort. »Aber vielleicht reicht es, wenn ich euch erkläre, dass bei den menschlichen Überresten, die man bei Ausgrabungen gefunden hat, Knochendeformationen nicht selten waren und die meisten Menschen schon frühzeitig große Zahnlücken aufwiesen.«

Anne schüttelte sich wie ein nasser Hund. »Das klingt gruselig.«

»Es lag wohl an der Mangelernährung, nicht wahr?« Tante Fanny griff demonstrativ nach der Salatschüssel und reichte sie herum. »Hier, nehmt euch noch ein paar Vitamine. Wie gut, dass man heute so viel über gesunde Ernährung weiß.«

»Und dass man sich regelmäßig die Zähne putzen muss«, fügte Anne hinzu.

Onkel Quentin nahm sich gern noch etwas Salat. »Dennoch kann ich Georgs Wunsch sehr gut nachvollziehen. Aber es ist auch schon spannend, was einem die Fundstücke über die alten Zeiten erzählen. Seid ihr morgen wieder dabei?«

»Aber ja!«, riefen die Freunde durcheinander.

»Ich habe allerdings morgen Vormittag noch einige wichtige Telefonate zu erledigen und werde erst gegen Mittag zu *Hunter's Farm* hinüberfahren.«

Gott sei Dank, dachte Anne und unterdrückte ein Gähnen.

Am Lagerfeuer

Die Aufregung war groß, als sich die Archäologen einige Tage später am Bug des kleinen Schiffes bis zum Boden vorgearbeitet und dort weitere Fundstücke entdeckt hatten: einige Keramikschalen und dicke Scherben von grobem Glas sowie eine Schnalle.

»Ist das Beute?«, fragte Anne ihren Onkel, der ihr aber erklärte, das sei nicht so ohne Weiteres zu sagen. »Es kann sich auch um Handelsware oder Geschenke handeln.«

»Ist es nicht sonderbar, dass man das Schiff hierhergebracht hat, ohne es vorher komplett auszuräumen?«, fragte Richard.

Doch Georg wartete die Antwort des Onkels nicht ab. Ihr war aufgefallen, dass sich plötzlich alle am Fundort tummelten, um die neuen Fundstücke zu bestaunen. Alle außer einem. Von Mr Jefferson war wieder nichts zu sehen.

Das fand Georg sonderbar, und so schlenderte sie hinüber zur Gaststube, um zu sehen, ob er sich dort aufhielt.

Der Holzboden knarrte unter ihren Schritten,

als sie durch die Schwingtür eintrat. Die Gaststube war düster. Georg blinzelte, bis sich ihre Augen an das schummrige Licht gewöhnt hatten.

Noch hatten nur wenige Gäste ihren Weg zu *Hunter's Farm* gefunden, um dort einen kleinen Mittagsimbiss zu sich zu nehmen. Die Saison hatte gerade erst begonnen und die Zahl der Ausflügler würde in den nächsten Wochen sicher noch anwachsen. Zwar hatte in der Zeitung schon ein Artikel über das Wikingerschiff gestanden, doch offenbar hatte er weniger Aufsehen erregt als zunächst angenommen. Bisher waren nur wenige Schaulustige auf dem Gelände erschienen – und die wenigen waren stets brav hinter der Absperrung geblieben, von der aus man nicht allzu viel sehen konnte.

Georg blickte sich suchend um. Mr Jefferson stand in der Tat hinter der Theke und kümmerte sich um die Getränke für seine Gäste.

An einem der Tische saßen drei Männer in Arbeitskleidung. Georg erkannte auf ihren Jacken dasselbe rot-grüne Emblem, das auch auf dem Bagger und den anderen Maschinen zu sehen war. Sie gehörten offensichtlich zur Baufirma.

Als er Georg bemerkte, blickte Mr Jefferson auf.

»Die Herrentoilette ist da hinten rum«, knurrte er und zeigte auf den rückwärtigen Teil der Gaststube. »Der Hund muss aber draußen bleiben.«

Georg hatte gar nicht bemerkt, dass Tim ihr gefolgt war. Sie wunderte sich zwar, dass in diesem Gasthaus keine Hunde geduldet wurden, machte ihm aber ein Zeichen, an der Tür auf sie zu warten.

Ich suche gar nicht die Toilette und schon gar nicht die Herrentoilette, dachte Georg amüsiert, durchquerte dann aber doch den Raum und verschwand in der Damentoilette. Wenn sie schon einmal hier war, konnte sie das gleich mit erledigen.

Als sie die Gaststube wieder betrat, entdeckte sie unter einer Bank in der Ecke eine Bulldogge, die mit triefäugigem Blick das Geschehen beobachtete. Aha, dachte Georg, bestimmt verträgt sie sich nicht mit anderen Hunden.

Und noch etwas fiel Georg auf. An der Wand über der Bank hingen Bauzeichnungen. Es war leicht zu erkennen, dass es sich um die Pläne für das neue Hotel handelte.

Gerade kehrte Mr Jefferson mit einem leeren Tablett von den besetzten Tischen zurück.

»Entschuldigung, ich wollte nur eben Bescheid geben, dass die Seife alle ist«, sprach Georg den Wirt an.

Dieser stieß eine Tür neben dem Tresen auf und rief: »Ella, auf der Herrentoilette ist die Seife alle. Kümmer dich mal drum.«

»Nein, Verzeihung«, korrigierte Georg. »Auf der Damentoilette ist die Seife alle.«

Mr Jefferson hielt mitten in der Bewegung inne und musterte Georg von oben bis unten. »Potz Blitz, jetzt habe ich dich tatsächlich für einen Jungen gehalten«, prustete er los. »Du musst schon entschuldigen.«

»Kein Problem«, versicherte Georg, der dieses Verwirrspiel immer wieder Spaß machte. »Ich heiße übrigens Georg.«

Einen ganz kurzen Moment stutzte Mr Jefferson, der nach einem Geschirrtuch gegriffen hatte, um Gläser abzutrocknen.

Aber Georg wollte ihn nicht allzu sehr verwirren und fügte vorsichtshalber hinzu: »Eigentlich Georgina.«

Daraufhin griff der Wirt nach dem nächsten Glas. »Was war da drüben denn eigentlich vorhin los?«

Mr Jefferson wies mit dem Kinn Richtung Ausgrabungsstätte. »Ich hab laute Stimmen gehört und so.«

»Ich habe mich schon gewundert, dass Sie gar nicht herausgekommen sind, um zu gucken«, sagte Georg. »Sie haben wirklich etwas gefunden. Im Bug des Schiffes liegen auf den Planken allerlei Gegenstände. Keramikgefäße vor allem. Mein Vater sagt, das erleichtert die Datierung des Schiffes. Er ist übrigens als Wissenschaftler an der Ausgrabung beteiligt.«

»Hm, interessant«, knurrte Mr Jefferson und

konzentrierte sich sehr auf das Glas, das er gerade abtrocknete. »Ich konnte leider nicht rauskommen, weil ich Gäste hatte.«

Diese Antwort fand Georg sonderbar, denn sie hatte ja gesehen und gehört, dass die Servicekraft Ella da war. Oder konnte es tatsächlich sein, dass sich der Wirt nicht für die Ausgrabungen auf seinem Grundstück interessierte?

In diesem Moment begann Tim ungeduldig zu fiepen. Er hatte keine Lust mehr, so lange zu warten!

»Ja, Tim, ich komme ja schon!«, rief Georg, hob grüßend die Hand und verließ die Gastwirtschaft. Beim Hinausgehen ließ sie noch einmal den Blick durch den Gastraum wandern. Irgendetwas war hier sonderbar, aber was?

Draußen wurde eifrig weitergearbeitet. Der Fund der Gegenstände hatte die Wissenschaftler motiviert. Alle schienen bester Laune zu sein. Und der Tag hatte für die Freunde noch eine weitere Überraschung parat. Gerade als es hieß, die Mannschaft würde für heute Feierabend machen, wehte plötzlich ein Brandgeruch herüber. Einige der Mitarbeiter hatten ein Lagerfeuer entfacht und Bänke herbeigeschafft. Man wollte in gemütlicher Runde noch einmal den Tag Revue passieren lassen.

»Bleibt doch auch noch ein bisschen hier, Quentin«, forderte Caspar seinen Kollegen auf. »Der Abend ist lau und die Leute sind bester Laune.«

»Ich weiß nicht«, zögerte Onkel Quentin. »Fanny wird auf uns warten und …«

Doch Georg klatschte vor Freude in die Hände und rief: »Bitte, Vater, dürfen wir? Ich könnte rasch hineingehen und im Felsenhaus anrufen, damit Mutter sich keine Sorgen macht.«

Onkel Quentin seufzte einmal auf, dann aber nickte er, denn auch er war mit dem heutigen Tag zufrieden und daher milde gestimmt. »Also gut, aber wir bleiben nicht so lange.«

Georg spurtete sofort los, und als sie außer Atem zurückkehrte, hatten die Freunde sich schon einen Platz am Feuer gesucht. »Mutter ist gar nicht so böse darum, dass wir noch ein Weilchen hierbleiben«, berichtete Georg ihrem Vater. »Sie hat Kopfschmerzen und möchte früh zu Bett gehen.«

»Arme Fanny«, sagte Onkel Quentin. »Die Kopfschmerzen machen ihr so oft zu schaffen. Aber Ruhe hilft ihr immer am besten.«

Das Holz knackte und zischte und immer wieder stiegen kleine Funken in den dunkler werdenden Himmel.

Caspar hatte im Lokal noch eine Suppe für jeden bestellt. Diese wurde nun von Ella und einer weiteren Bedienung serviert.

Nun, da die Sonne untergegangen war, waren die Freunde froh, ihre Hände an den heißen Suppenschüsseln wärmen zu können. Um sie herum war die Luft erfüllt von Gemurmel, die Archäologen redeten über allerlei, vor allem aber über die Arbeit des heutigen Tages.

»Wagst du schon eine Prognose? Aus welcher Zeit stammen unsere Funde?«, fragte Caspar Onkel Quentin.

Dieser nahm eine Schale entgegen, die der schwarzhaarige Mann ihm herüberreichte. »Nun, wir wissen, dass die meisten Überfälle der Wikinger in dieser Gegend in der zweiten Hälfte des neunten und in der ersten Hälfte des zehnten Jahrhunderts stattfanden. Man kann von einer Invasion sprechen. Es wäre also naheliegend, wenn auch unser Schiff hier aus der Zeit stammte.«

»Auch die ersten Wikingersiedlungen entstanden hier in dieser Zeit«, ergänzte der Schwarzhaarige.

»So lange ist das schon her?«, fragte Anne und warf einen Blick über die Schulter in die Richtung, in der die Überreste des Schiffes lagen. Doch es war schon so dunkel, dass sie fast nichts mehr erkennen konnte.

»Ja, mehr als ein Jahrtausend. Einer ihrer Anführer hieß Erik Blutaxt«, erklärte ein anderer Mann, dessen Gesicht vom Feuerschein orangerot leuchtete. »Der Name sagt sicher eine Menge über diesen Mann aus dem Norden.«

»In Horden sind sie hier über die Dörfer hergefallen und haben alles an sich gerissen, was sie nur forttragen konnten. Und mit der Beute haben sie ihre weiteren Plünderfahrten finanziert«, ergänzte ein anderer. »Wie wilde Tiere müssen sie den Menschen vorgekommen sein, wenn sie so grobschlächtig und grausam über sie hergefallen sind.«

»Sie haben auch Sklaven genommen«, sagte einer nun leise und alle starrten gebannt in die Flammen.

Richard stellte sich vor, wie die Blondschöpfe aus ihren Schiffen sprangen und grölend über den Strand rannten, die Streitaxt in der gehobenen Faust.

Auch Georg hatte sofort wieder das Bild aus dem Wikingerbuch vor Augen und spürte, wie langsam eine Gänsehaut über ihren Rücken kroch. Sofort schlürfte sie noch einen Schluck Suppe aus der Schale. Sie war froh, als die Wärme sich in ihr ausbreitete.

Doch das Schaudern kehrte unmittelbar zurück, als einer der Männer von den Zauberritualen der Wikinger erzählte. Von Zauberzeichen wusste er zu berichten, die die Männer sich vor dem Kampf auf die Haut malten, weil sie glaubten, dass sie so unbesiegbar seien. Und es gab auch Zauberrituale, die schwere Unwetter hervorrufen sollten.

»Immer mehr Männer aus dem Norden kamen hierher und ließen sich hier nieder«, schloss der Mann seine Erzählung. »Und wir haben nun die Ehre, eines ihrer Schiffe aus seinem Grab zu befreien.«

Anne musste sich eingestehen, dass ihr diese Formulierung ein gehöriges Gruseln verursachte. Sie war froh, dass Onkel Quentin nun beschloss, es sei spät genug geworden, und rief: »So, Kinder, Zeit, zum Felsenhaus zurückzukehren.«

Jetzt bettelten die Freunde nicht mehr, noch

länger bleiben zu dürfen. Sie hatten einen ereignisreichen Tag und einen spannenden Abend genossen und waren nun alle miteinander müde.

Sie verabschiedeten sich und stiegen brav ins Auto. Anne wäre beinahe auf dem Heimweg schon eingeschlafen.

Da Tante Fanny bereits zu Bett gegangen war, zogen auch die Freunde sich direkt in ihre Zimmer zurück.

Georg öffnete das Fenster. Den ganzen Tag hatte die Sonne auf die Scheibe geschienen und nun war die Luft im Raum warm und stickig.

»Danke«, sagte Anne. »Zum Schlafen brauche ich frische Luft.«

Auch Tim schien das zu gefallen, denn er ließ sich sogleich auf seinem Flickenteppich nieder und streckte sich wohlig brummend aus.

Doch die Nacht wehte ihnen eine Überraschung durch das geöffnete Fenster herein.

Georg und Anne wurden von einem heftigen Donnergrollen geweckt, und kaum dass sie aus ihren Betten gesprungen waren, um rasch das Fenster zu schließen, fegte auch schon ein Sturm durch die Felsenbucht, der starken Regen mit sich brachte. Dicke Tropfen prasselten gegen die Fensterscheibe und der Wind rüttelte heftig an den geöffneten Fensterläden.

Tim, der Gewitter nicht mochte, hockte wimmernd auf dem Flickenteppich.

»Schon gut, Tim«, versuchte Georg ihn zu beruhigen, hockte sich neben ihn und legte den Arm um ihn.

Julius und Richard indes verschliefen das Gewitter komplett.

Im Morgengrauen schrillte das Telefon durch das Felsenhaus. Wieder waren es die Mädchen, die als Erste aus ihren Betten sprangen und aus ihrem Zimmer stürmten. Über das Treppengeländer gebeugt, sahen sie, wie Onkel Quentin, sich den Morgenmantel zubindend, quer durch den Flur Richtung Telefon eilte und dabei vor sich hin schimpfte.

Georg und Anne schlichen die Treppe hinunter und horchten angestrengt. Sie konnten nicht verstehen, was Onkel Quentin sagte, doch seine Stimme klang sehr aufgeregt.

Kurz darauf kam er aus dem Wohnzimmer zurück und blieb überrascht stehen, als er die Tür aufriss und Georg und Anne im Flur sah. »Wir sind's nur!«, rief Georg. »Ist etwas passiert?«

Onkel Quentin schob seine Tochter sanft beiseite. »Ja, in der Tat. Entschuldigt, ich muss mich beeilen. Auf *Hunter's Farm* ist die Hölle los. Der Sturm hat die gesamte Ausgrabungsstätte verwüstet.«

»Wir kommen mit!«, rief Georg sofort.

»Ich wüsste nicht, was …«, setzte Onkel Quentin an, doch Anne wagte es, ihm ins Wort zu fallen.

»Vielleicht ist Wasser in die Grube gelaufen und wir können helfen, es herauszuschöpfen. Wir ziehen unsere Gummistiefel an und …«

Onkel Quentin hob beide Hände zu einer abwehrenden Geste. »Schon gut, schon gut, aber beeilt euch. Ich warte nicht auf euch.«

Und er machte seine Drohung wahr. Anne und Georg, die sich sogar noch die Zeit genommen hatten, Julius und Richard zu wecken, um ihnen die Neuigkeiten zu berichten, waren gerade zur Abfahrt bereit, als Onkel Quentin aufbrach. Tante Fanny hatte ihnen noch ein paar Brote geschmiert, und so saßen sie pünktlich im Auto, während die beiden Jungen diesem verschlafen hinterhersahen. Sie mussten nun selbst zusehen, wie sie zu *Hunter's Farm* kamen.

Die Bulldogge

Der Sturm hatte ganze Arbeit geleistet. Die Ausgrabungsstätte war verwüstet und in der Grube stand kniehoch das Wasser. Es würde einige Mühe erfordern, bis man in dem schlammigen Untergrund weitergraben konnte. Sogar die Vermessungsmarkierungen waren zum Teil aus ihren Verankerungen gerissen und das Absperrband flatterte irgendwo in der Gegend herum, nur nicht dort, wo es sein sollte.

Doch die wichtigste Frage stellte Onkel Quentin: »Hat das, was von dem Schiff bereits freigelegt worden ist, Schaden genommen?«

»Leider ja«, beantwortete Caspar die Frage. Er war bereits seit über einer Stunde mit seinen Leuten vor Ort. Alle machten ein betrübtes Gesicht und waren schon jetzt über und über mit Schlamm bespritzt. Die Stimmung der Wissenschaftler passte zum Himmel, der noch immer wolkenverhangen und düster war.

Onkel Quentin ließ den Blick über das Gelände schweifen. »Junge, Junge, man könnte meinen, die Wikingerhorden, von denen wir gestern

Abend am Lagerfeuer erzählt haben, wären über die Gegend hergefallen.«

»Allerdings«, erwiderte Caspar. »Die Wettervorhersage kündigt übrigens für heute Abend keinen weiteren Regen an.«

»Das ist ja schon mal ein kleiner Trost«, brummte Onkel Quentin, doch Caspar zuckte die Schultern.

»Darauf kann man sich leider nicht immer verlassen. Der Sturm der letzten Nacht war auch nicht als so stark angekündigt worden, wie er uns dann erwischt hat.« Caspar nahm seinen Hut vom Kopf und kratzte sich die Stirn.

»Wir hätten die Plane, die wir über die Grube gespannt haben, besser festzurren sollen«, meinte Onkel Quentin.

Caspar schüttelte energisch den Kopf. »Das hätte auch nichts genutzt, Quentin. Der Sturm war so stark, dem hätte keine Plane standgehalten – egal, wie gut wir sie festgezurrt hätten.«

Georg und Anne schlenderten über das Grundstück und nahmen die ganze Misere in Augenschein.

»Das ist ja wirklich unglaublich«, sagte Anne leise und ließ ihre Blicke verwundert umherschweifen. »Ich hätte nie gedacht, dass der Sturm solch einen Schaden anrichtet.«

Georg nickte zustimmend. »Da haben wir hier in der Felsenbucht wahrlich schon schlimmere Stürme erlebt.«

Anne verdrehte die Augen. »Daran kann ich mich lebhaft erinnern. Weißt du noch damals, als der riesige Baum auf das Felsenhaus gekracht ist? Dagegen war das letzte Nacht doch gar nichts.«

Ein kurzer Blick in die Grube reichte, um zu erkennen, dass das Wikingerschiff am Bug schwer beschädigt war. Die oberen Planken sahen aus, als hätte sie ein wütender Riese mit seiner Faust eingedrückt.

Der Schwarzhaarige und zwei weitere Männer standen mit ratlosen Mienen drum herum. Das schlammige Wasser war so hoch, dass es den oberen Rändern ihrer Stiefel gefährlich nahe kam.

»Schau mal, da ist Mr Jefferson«, sagte Anne. »Sein Haus hat es offensichtlich auch erwischt.«

Jetzt entdeckte auch Georg den Wirt, der auf einer Leiter stand und versuchte, die Markise über der Sonnenterrasse zu reparieren, die an der Seite eingerissen war. Ella war dabei, die Erde von einem Blumentopf wegzufegen, den der Sturm umgeworfen hatte.

»Guten Tag, Mr Jefferson!«, rief Georg und winkte.

»Ah, guten Tag, Georg«, antwortete der Wirt, der sich mühte, auf der Leiter das Gleichgewicht zu halten.

»Verfluchter Sturm heute Nacht. So heftig war es schon lange nicht mehr. Jetzt schaut euch das an! Die Markise war noch fast neu!«

»Können wir Ihnen irgendwie helfen?«, fragte Georg.

Doch Mr Jefferson winkte ab. »Nein, danke für das Angebot, aber ich komm schon klar.«

In dem Moment rief Caspar die Mädchen zu sich.

»Ich glaube, dort werdet ihr mehr gebraucht«, stellte Mr Jefferson fest.

Und in dem Moment entdeckte Georg auch die Bulldogge, die träge neben dem Eingang lag. Hoffentlich blieb sie an Ort und Stelle! Georg warf einen besorgten Blick auf Tim. Es war wohl besser, sich in sichere Entfernung zu begeben.

»Seid doch bitte so lieb und wickelt das Absperrband auf«, bat Caspar Georg und Anne. »Es ist leider an einigen Stellen gerissen. Könnt ihr es wieder zusammenknoten? Wir setzen währenddessen die Metallpfosten neu.«

»Ist gut«, rief Anne, die froh war, etwas zu tun zu haben, und stiefelte voller Elan auf ein Ende des Bandes zu, das wild im Wind flatterte. Sie packte es und begann fröhlich, es zwischen Hand und Ellenbogen aufzuwickeln, während sie das Gelände großräumig umrundete. Georg fing auf der anderen Seite an. Wann immer sie an eine Stelle kamen, an der das Band gerissen war, knoteten sie die beiden Enden wieder zusammen.

Brummen und ein rhythmisches Plätschern begleiteten sie bei der Arbeit, denn die Männer hatten eine kleine Motorpumpe besorgt, um die Ausgrabungsstelle trockenzulegen. Außerdem hatten sie eine Kette gebildet und reichten sich Eimer hin und her, mit denen sie das Wasser aus der Grube schöpften. Als Georg und Anne das Band aufgewickelt hatten, war auch die Ausgrabungsstätte wieder so weit hergestellt, dass die Wissenschaftler weiterarbeiten konnten, wenn sie auch wegen des matschigen Bodens ihre Mühe hatten.

Zwei Männer hatten die Metallstangen neu in den Boden geschlagen und nahmen dankend von den Mädchen das Absperrband entgegen, um es neu zu befestigen.

Anne erkannte in ihnen die beiden wieder, die am Vorabend von den Überfällen der Wikinger erzählt hatten. Einen Moment lang wog der eine das Band in der Hand. Dann blickte er den anderen besorgt an. »Damit werden wir die Horden sowieso nicht abhalten können.«

Die Horden?, fragte sich Anne. Was meinte er damit? Glaubte er etwa, dass so viele Schaulustige den Weg hierher finden würden?

Doch der andere antwortete etwas, das in Annes Ohren noch sonderbarer klang: »Ich würde mich auch wehren, wenn man mich nicht in Frieden ruhen lassen würde.«

Doch Anne traute sich nicht, den Mann zu fragen, was er damit meinte.

Währenddessen spähte Georg immer wieder die Zufahrt zu *Hunter's Farm* hinauf. Von Julius und Richard war nichts zu sehen.

Die Jungen hatten keine Lust gehabt, den recht weiten Weg zu *Hunter's Farm* mit dem Rad oder dem Bus anzutreten, und deshalb beschlossen, in den Ort zu fahren. Das kam Tante Fanny gerade recht, denn so konnte sie ihnen eine Einkaufsliste mitgeben. Julius klemmte sich den Einkaufskorb auf den Gepäckträger und sie radelten los.

Im Ort stellten sie die Räder ab und schlenderten zusammen über den Marktplatz vor der Kirche. Das Kopfsteinpflaster glänzte schwarz vom Regen der vergangenen Nacht.

»Die Steine sehen aus, als hätte jemand sie mit einer Speckschwarte eingerieben«, flachste Richard. »Also pass auf, dass du nicht ausrutschst.«

Witzigerweise drang Julius im selben Moment, als Richard von Speck sprach, der Geruch von Räucherschinken in die Nase. Das erinnerte ihn daran, dass sie für Tante Fanny auch zum Metzger gehen sollten. »Hey, hier sind wir schon richtig in Sachen Suppenfleisch!«, rief er und öffnete die Tür zur Fleischerei. Ein oben an der Tür angebrachtes Glöckchen verkündete, dass Kunden gekommen waren.

Durch eine schwere eiserne Tür im hinteren Teil des Ladens kam eine dicke, mit einer weißen Kittelschürze bekleidete Frau. Offenbar war sie im Kühlhaus gewesen. Julius konnte sehen, dass da mehrere Schweinehälften hingen. Dann fiel die

Tür zu und die pausbackige Frau verschloss sie mit einem großen Hebel.

»Was darf es denn sein?«, erkundigte sie sich höflich.

»Suppenfleisch bitte«, antwortete Julius.

»Was hättest du denn da gern?«, erkundigte sie sich. »Eine Beinscheibe oder etwas aus der Rippe? Und wie viel brauchst du?«

Julius, der nicht mehr genau wusste, was Tante Fanny gesagt hatte, drehte sich nach Richard um, um diesen zu fragen, stellte aber fest, dass der gar nicht mit in den Laden gekommen war. Wo er nur steckte? Auch durch das Schaufenster war er nicht zu sehen. »Was nimmt man denn am besten für eine leckere Suppe für sechs Personen?«, fragte er unsicher.

Die Frau lächelte freundlich. »Oh, da packe ich dir was Schönes ein. Das kriegen wir schon hin.«

Als Julius aus dem Laden kam, sah er Richard sofort. Er stand ein Stück weiter vor einem Schaufenster und betrachtete mit großem Interesse die Auslagen.

»Da steckst du also!«, rief er vorwurfsvoll. »Ich hätte gerade deine Hilfe gebraucht. Oder mochtest du die Schweinehälften da nicht hängen sehen?«

Richard, der immer noch wie gebannt in das Schaufenster starrte, drehte sich verwirrt um. »Schweinehälften? Was für Schweinehälften?«

Julius zeigte mit dem Daumen über seine Schulter. »Da, in der Metzgerei. Wir sollten für Tante Fanny Suppenfleisch kaufen. Du erinnerst dich vielleicht?«

Richard nickte abwesend. »Ja, ja, dann kauf doch welches.«

Julius klopfte seinem Bruder mit dem Fingerknöchel gegen die Schläfe. »Hallo? Jemand zu Hause? Hab ich doch schon längst!«

Richard schob Julius' Hand fort. »Na, dann ist doch alles gut. Was faselst du dann von Schweinehälften?«

Julius winkte ab. Manchmal war sein Bruder wirklich ein hoffnungsloser Fall. »Was gibt es denn hier so Interessantes zu gucken?«, fragte er stattdessen. »Was ist das eigentlich für ein Schaufenster?« Er blickte umher und entdeckte über dem Schaufenster das Hinweisschild der Touristeninformation.

»Du wirst staunen! Schau dir das mal an!« Richard tippte mit dem Zeigefinger so heftig gegen die Glasscheibe, dass sie leicht erzitterte.

Als Erstes fiel Julius die Überschrift auf. *Buchen Sie schon jetzt!*, stand da in großen Lettern. *Gute Luft und frische Brise, Erholung und Entspannung, alles garantiert!* »Aber das ist ja *Hunter's Farm*!«, rief er.

»Ich sag dir, der liebe Mr Jefferson steht ganz schön unter Zeitdruck«, sagte Richard. »Wenn er jetzt schon feste Buchungen annimmt, dann bedeutet das ja, dass das Hotel auch zum veranschlagten Zeitpunkt fertig sein muss.«

Julius legte die Stirn in Falten. »Ich weiß nicht, ob so etwas üblich ist, aber vermutlich sind die erwarteten Einnahmen auch schon Teil seiner Finanzierung.«

»Wie auch immer«, erwiderte Richard und wandte sich zum Gehen. »Zum Glück ist das nicht unser Problem. Wir müssen uns ja nicht seinen Kopf zerbrechen. Was hast du da eigentlich im Korb liegen?«

Julius stieß ihm den Ellenbogen zwischen die Rippen. »Eine Schweinehälfte natürlich! Und jetzt schauen wir mal, was Tante Fanny uns noch so auf den Einkaufszettel geschrieben hat.«

Nachdem die Jungen in dem kleinen Supermarkt an der Ecke eingekauft hatten, steuerten sie das Postamt an, denn sie sollten für Onkel Quentin Briefmarken mitbringen.

Der Vorraum des alten Postamtes wirkte wie immer grau in grau: grau gesprenkelter Steinboden, graue Wände, graue Vorhänge. In der Mitte stand ein grau lackierter Tisch, auf dem, mit dünnen Ketten gesichert, mehrere dicke Telefonbücher aus der Region lagen.

Julius hatte schon die Klinke in der Hand, um weiter in den Schalterraum zu gehen, als Richard ihn am Ärmel zupfte. »Schau mal!«

In der engen Telefonkabine, die sich an der Stirnseite des Vorraumes befand, stand ein Mann. Er drehte ihnen den Rücken zu.

»Was ist mit dem? Wer soll das sein?«, fragte Julius.

»Keine Ahnung, wer genau das ist«, flüsterte Richard. »Aber hast du nicht bemerkt, was der für Kleidung trägt? Das Emblem auf seinem Ärmel!«

Jetzt sah auch Julius das rot-grüne Schild auf der Jacke. »Ach so, der gehört zu dem Bautrupp!«

Der Mann führte ganz offensichtlich ein hitziges Gespräch. Er stand ein wenig gebückt da und gestikulierte wild. Seine aufgeregte Stimme war

nur zu erahnen, denn die Kabine war einigermaßen schalldicht.

»Vielleicht heimst er gerade Schelte von seiner Frau ein, weil er ihr beibringen muss, dass er länger von zu Hause fortbleiben muss als geplant.«

Richard rümpfte die Nase. »Ich frage mich sowieso, warum der Bautrupp noch komplett am Platz ist, wo die doch im Moment ohnehin nichts ausrichten können.«

»Auch das ist zum Glück nicht unser Problem.« Julius zuckte mit den Achseln und schob dann die Tür zum Schalterraum auf.

Sie mussten nur kurz in der Schlange anstehen. Trotzdem stand der Mann nicht mehr in der Telefonzelle, als Julius und Richard das Postamt wieder verließen. Durch den Vorraum zog sich eine dunkle Spur. Die Arbeitsschuhe hatten auf den grauen Steinplatten matschige Lehmflecken hinterlassen.

Im Laufe des Tages gab der Schlamm noch weitere Fundstücke frei. Schließlich beauftragten Caspar und Onkel Quentin ihre Mitarbeiter, ein größeres Areal abzustecken. Nun staunten Georg und Anne doch.

»Warum soll denn nun auch noch woanders gegraben werden, wenn doch das Schiff da drüben liegt?«, fragte Anne ihren Onkel.

»Nun, liebe Anne, es stellt sich ja nicht nur die Frage, warum das Schiff ausgerechnet an dieser Stelle liegt. Möglicherweise befand sich hier so etwas wie eine Werft«, erklärte Onkel Quentin. »Des Weiteren sagen uns die Fundgegenstände, dass es sich lohnen würde, nach weiteren Anzeichen einer Siedlung zu suchen.«

Anne riss die Augen auf. »Ihr vermutet eine ganze Siedlung hier?«

Onkel Quentin fasste Anne bei den Schultern und drehte sie so, dass ihr Blick über das Gelände gerichtet war. »Siehst du, diese Landschaft hier wäre ideal für eine Siedlung: Du hast freie Sicht zur einen und Schutz durch die Hügel auf der anderen Seite. Die Nähe zum Meer nicht zu vergessen.«

»Dazu kommt die Tatsache, dass wir es hier bei *Hunter's Farm* mit einem Anwesen zu tun haben, dessen Tradition viele Jahrhunderte zurückverfolgt werden kann. Das könnte ein Hinweis darauf sein, dass hier schon seit sehr langer Zeit Menschen siedeln«, fügte Caspar hinzu.

Vor ihrem inneren Auge sah Anne plötzlich, wie es hier einmal ausgesehen haben mochte: Dort, wo sich die Ländereien von *Hunter's Farm* erstreckten, fügten sich unzählige Holzhäuser und Hütten in die sanfte Hügellandschaft, weit genug entfernt von den schroffen Felsen, die weiter unten ins Meer ragten. An einem Brunnen hing ein Eimer, und Rauch zeigte an, wo sich die Feuerstellen befanden. Es herrschte geschäftiges Treiben, das aber mit den brutalen Übergriffen der rauen Nordmänner nichts zu tun zu haben schien.

Auf einmal wurden wütende Stimmen laut und rissen Anne aus ihren Gedanken.

»Was ist denn mit dem los?«, fragte Georg, als sie sah, dass Mr Jefferson mit dem Schwarzhaarigen lauthals diskutierte.

»Hm, es wird ihm nicht recht sein, dass wir auf seinem Grund und Boden weitere Kreise ziehen, aber er wird sich dagegen nicht wehren können«, sagte Caspar, als Mr Jefferson schon energischen Schrittes mit seiner Bulldogge im Schlepptau näher kam.

Schäden

Georg und Anne redeten wild durcheinander und fielen sich gegenseitig ins Wort, als sie beim Abendbrot erzählten, was vorgefallen war.

»Mr Jeffersons Kopf war vor Wut so rot, dass es aussah, als ob er jeden Moment platzen würde!«, rief Anne. »Der meinte wohl, wenn er nur laut genug brüllt, dann löst sich das Schiff in Luft auf!«

»Den hättet ihr mal sehen sollen.« Georg war sogar von ihrem Stuhl aufgesprungen. »Ich habe gedacht, der geht glatt auf Caspar los. Und am übelsten war, dass er diesen Hund dabeihatte.«

»Was für einen Hund?«, fragte Tante Fanny, die ja die Gegebenheiten an der Ausgrabungsstelle nicht kannte.

»Eine Bulldogge!«, rief Georg und breitete die Arme aus. »So ein riesiges Vieh!«

Jetzt mussten die anderen schmunzeln. Georg übertrieb maßlos. Auch wenn Mr Jeffersons Hund Furcht einflößend aussah und böse geknurrt hatte, so war er doch von ganz normaler Größe.

»Aber Timmi hat sich nicht beeindrucken

lassen und ist ganz ruhig geblieben«, fuhr Georg fort. »Schließlich ist er ein kluger Hund.«

»Mir war das trotzdem nicht geheuer«, gab Anne offen zu. »So ein Hund kann eine echte Kampfmaschine sein. Wenn der ausrastet, dann kann auch sein Herrchen nichts ausrichten.«

Tante Fanny richtete sich ruckartig im Stuhl auf. »Aber er wollte den Hund doch nicht auf euch hetzen, oder? Also, Kinder, ich weiß nicht, ob das gut ist, wenn ihr euch dort aufhaltet.«

Onkel Quentin legte ihr beschwichtigend die Hand auf den Arm. »Keine Sorge, Fanny, das war nur Säbelrasseln. Und dieser Hund liegt die meiste Zeit träge in der Sonne, so diese denn scheint.«

»Ja, und wie ist das Spektakel nun ausgegangen?«, wollte Julius wissen. »Hat sich Mr Jefferson denn beruhigt?«

»Klar!«, rief Georg. »Obwohl es erst nicht danach aussah. Caspar hat ihm alles doppelt und dreifach erklärt, aber er wollte keine Ruhe geben.«

»Da brauchte es erst eine besonnene Frau!«, rief Anne lachend. »Die gute Ella ist gekommen und hat ihn zum Schweigen gebracht und wieder mit ins Haus genommen. Punkt.«

Richard grinste. »Dann sollten wir uns Ella warmhalten. Ist sie eigentlich Mr Jeffersons Tochter?«

Anne zuckte die Schultern. »Keine Ahnung.«

»Wie dem auch sei«, ergriff Onkel Quentin das Wort. »Georg und Anne haben auf jeden Fall heute fleißig angepackt und mitgeholfen, dass es nun wieder zügig weitergehen kann.«

»Und ihr seid heute schon so weit gekommen, dass ihr sicher sagen könnt, dass dort nicht nur das Schiff im Boden verborgen ist?«, staunte Richard. »Ihr vermutet eine ganze Siedlung?«

Onkel Quentin nickte. »Ja, in der Tat, wir haben sogar schon Mauerreste gefunden.«

»Na ja, ich kann irgendwie auch verstehen, dass Mr Jefferson wütend ist«, wandte Richard ein. »Wenn da jetzt eine ganze Siedlung ausgegraben werden soll, dann verzögert sich der Bau des Hotels ja noch weiter. Da kommt er richtig in die Bredouille, weil … « Richard wollte von dem Aushang in der Touristeninformation erzählen. Doch Onkel Quentin ließ ihn nicht ausreden.

»Nein, Richard, dann wird es keine Verzögerung geben«, erklärte er sachlich.

»Nein?« Richard verstand nicht recht, was sein Onkel sagen wollte.

»Dann wird er das Hotel überhaupt nicht bauen können – zumindest nicht dort«, fuhr Onkel Quentin fort.

»Ja, schließlich kann man schlecht das ganze Dorf in ein Museum bringen, nicht wahr?«, mischte Anne sich ein.

»Auf jeden Fall ist das phänomenal! Eine ganze Siedlung!«, rief Julius begeistert. »Dann sind wir morgen wieder dabei, was, Richard?«

»Erik Blutaxt, wir kommen!«, grölte Richard und hob die Faust.

»Hm«, machte Georg. »Das wäre übrigens ein prima Name für die blöde Bulldogge.«

Jetzt mussten alle lachen und Tim stimmte mit einem kräftigen Wuff-Wuff ein.

Bevor die Freunde zu Bett gingen, packten sie schon für den nächsten Morgen ihre Sachen, damit alles griffbereit parat stand. Sogar ein Fernglas und Julius' Skizzenblock packten sie mit ein, außerdem robuste Arbeitshandschuhe.

»Und denkt bloß dran, morgen früh Gummistiefel anzuziehen«, mahnte Georg. »Das ist die reinste Schlammschlacht da.«

Wie gut, dass die Freunde vorgesorgt hatten, denn noch vor dem Morgengrauen schrillte das Telefon wieder durch das Felsenhaus. Es hatte in der Nacht erneut Verwüstungen an der Ausgrabungsstätte gegeben!

»Aber wir hatten in der Nacht doch gar keinen Sturm!«, rief Anne verwirrt.

Es dauerte nur wenige Minuten, bis die Freunde startklar waren. Sie warteten bereits am Auto, als Onkel Quentin verschlafen und missgestimmt aus dem Haus kam. Als er sie so dastehen sah, rang er sich immerhin ein Lachen ab.

Doch spätestens, als sie die Ausgrabungsstätte erreichten, verging ihm das Lachen.

Caspar kam ihnen schon in der Zufahrt entgegen und rang verzweifelt die Hände. »Das Gelände sieht aus, als sei schon wieder ein Orkan darüber hinweggefegt!«, rief er Onkel Quentin durch das heruntergekurbelte Seitenfenster zu.

Sobald das Auto hielt, sprangen die Freunde hinaus und eilten zum Wikingerschiff.

Julius, der ja noch nicht einmal die Verwüstungen der vorherigen Nacht gesehen hatte, pfiff durch die Schneidezähne. »Auweia! Das sieht hier ja übel aus.«

»Alle Arbeit umsonst!«, jammerte Anne, als sie sah, dass das Absperrband wieder an mehreren Stellen gerissen war und wild umherflatterte. Diesmal waren die Eisenstangen, an denen es befestigt gewesen war, sogar verbogen.

Georg wagte es kaum, über den Rand der Grube zu schauen, überwand sich aber doch. Was sie sah, trieb ihr beinahe die Tränen in die Augen. Das, was die Archäologen mühsam freigelegt hatten, lag nun gänzlich auf der Seite und ähnelte kaum noch einem Schiffsbug. Diesmal sah es aus, als hätte ein Riese es eingetreten.

Nachdenklich trat sie einen Schritt zurück und blickte in die ratlosen Gesichter von Julius, Richard und Anne. »Ist euch auch was aufgefallen?«

»Klar«, plapperte Richard drauflos. »Hier sieht es aus, als wäre ein Orkan über das Gelände gefegt und hätte alles plattgemacht, was nicht niet- und nagelfest war und …«

»Ich meine etwas anderes«, fiel Georg Richard ins Wort. »Als wir gestern Morgen hier ankamen, da waren alle wie die fleißigen Bienen damit beschäftigt, die Schäden zu beseitigen, die der Sturm angerichtet hatte. Alle waren ganz emsig und arbeiteten Hand in Hand.«

Anne nickte zustimmend.

Georg breitete die Arme aus. »Und wo sind die heute alle? Ich sehe nur Caspar!«

»Und er ist auch da.« Julius machte eine unauffällige Handbewegung in die Richtung des Schwarzhaarigen, der lässig an einem Baum lehnte und auf einem Grashalm kaute.

»Ja, und die anderen?«, wiederholte Georg.

»Vielleicht kommen die noch«, antwortete Anne.

Georg schnaubte nur verächtlich.

»Wir könnten ja den Typen mit den schwarzen Haaren fragen«, schlug Julius vor. »Weiß übrigens einer von euch, wie der heißt?«

»Keine Ahnung«, sagte Richard. »Aber er sollte wohl wissen, wo die anderen stecken.«

Der Schwarzhaarige warf den Grashalm auf den Boden, als er die Freunde auf sich zukommen sah. »Hört zu, ihr solltet von hier abhauen«, sagte er, ohne sie zu grüßen. »Glaubt mir, das ist besser.«

Damit drehte er sich um und verschwand eiligen Schrittes, ohne dass die Freunde ihre Frage stellen konnten.

»Aber wo sind denn die anderen?«, rief Anne

und wollte ihm schon hinterherlaufen, doch Georg hielt sie am Arm zurück.

Der Schwarzhaarige drehte sich im Gehen noch einmal kurz um und rief: »Haut einfach ab, okay?«

Richard zog eine Grimasse. »Ich befürchte, den Tipp hat er den anderen auch gegeben. Er hat dabei nur eins nicht bedacht. Wenn er *uns* so etwas sagt, nehmen wir das als Aufforderung, erst recht hierzubleiben und uns gründlich umzuschauen.«

Er hielt den anderen die Hand hin. Julius, Georg und Anne schlugen ein.

Georg stemmte sich die Hände in die Seiten. »Das ist doch alles sehr sonderbar. Kommt, schauen wir mal nach, ob die Gaststube von *Hunter's Farm* schon geöffnet ist. Vielleicht kriegen wir da was raus.«

Auf dem Weg zum Gebäude mussten die Freunde das Areal halb umrunden. Plötzlich blieb Georg stehen, sodass Julius beinah in sie hineingekracht wäre.

»Mensch, pass doch auf!«, schimpfte er.

»Sorry«, sagte Georg. »Aber ich dachte gerade… Ach egal.« Irgendwie schien es ihr, als habe sie etwas übersehen. Aber was?

Die Tür zur Gaststube war noch verschlossen, und als sie anklopften, konnten sie durch die dunkel getönte Scheibe erkennen, dass die Bulldogge herangetrabt kam. Ihr heiseres Kläffen ließ nicht lange auf sich warten.

»Au Mann, der schon wieder!«, stöhnte Georg und war froh, dass die Tür zwischen ihnen war. »Erik Blutaxt persönlich.«

Richard ignorierte das aggressive Bellen, lehnte sich an die Hauswand und verschränkte die Arme. »Was zum Teufel hat den Schwarzhaarigen wohl veranlasst, uns zu sagen, wir sollten lieber abhauen?«

»Ja, das frage ich mich auch«, sagte Julius. »Wer weiß, vielleicht ist zwischen den Männern ein Streit ausgebrochen und wir sollen nicht zwischen die Fronten geraten.«

Georg zuckte die Schultern. »Klingt ein bisschen unwahrscheinlich, oder? Ich denke, wir sollten uns mal ganz genau umsehen. Bestimmt finden wir die Antwort, wenn wir die Ausgrabungsstätte intensiver unter die Lupe nehmen.«

Mit einer Kopfbewegung deutete Julius auf Onkel Quentin und Caspar, die heftig diskutierend beieinanderstanden. »Die beiden sind gut beschäftigt, die werden für uns kein Auge haben.«

»Wo fangen wir an?«, fragte Richard.

»Da, wo auch hier alles angefangen hat, beim Schiff«, schlug Georg vor. Das heisere Kläffen von Erik Blutaxt begleitete sie ein Stück des Weges.

Dummerweise hatten die Arbeiter die Leiter entfernt. Anne stand am Rand der Grube und kratzte sich die Schläfe.

»Und wie sollen wir da runterkommen?«

»Dein großer Bruder denkt an alles!« Julius nahm ein Hanfseil, das er umsichtigerweise eingepackt hatte, aus seinem Rucksack. Dann blickte er sich nach einer Möglichkeit um, es festzuknoten. Die Bäume standen alle zu weit weg, so blieb nur der Bagger, der mit seiner großen Schaufel auf seinen Einsatz wartete.

Als Julius sich daran machte, das Seil an dem Gestänge festzuknoten, fiel bei Georg plötzlich der Groschen. »Jetzt weiß ich's!«, rief sie.

»Was weißt du?«, wollte Anne wissen.

»Ich habe vorhin schon gedacht, dass irgendetwas anders ist.«

»Klar, ist etwas anders«, erwiderte Anne spöttisch. »Alles ist mal wieder kaputt.«

»Ja, aber siehst du das denn nicht auch?«, fragte Georg.

Anne konnte es nicht leiden, wenn Georg wieder ihre Rätselspielchen spielte. »Sag schon, was du meinst«, maulte sie genervt.

»Na, der Bagger!«, rief Georg. »Schau genau hin, sie haben sich zwar größte Mühe gegeben, ihn wieder so hinzustellen wie vorher, aber er steht eben doch nicht genau da, wo er gestern noch stand.« Georg zeigte auf die Spuren im weichen Boden. »Außerdem kann man eindeutig sehen, dass er bewegt worden ist, wenn auch nur ein kleines Stück.«

»Aber wozu?«, fragte Anne. »Die Bauarbeiten sind doch gestoppt worden.«

Und jetzt fiel Georg auch ein, was ihr in der Gaststube von *Hunter's Farm* so merkwürdig vorgekommen war. »Die Leute vom Bautrupp haben gestern da drinnen gesessen. Ich dachte, die haben hier erst mal nichts mehr zu tun.«

Julius hatte das Seil festgeknotet. »Wer steigt als Erster runter?«, fragte er in die Runde.

Alle Blicke richteten sich auf Richard, der der beste Kletterer von ihnen war. Seufzend packte er das Seil und schlang es sich um den Oberkörper.

Der Schlamm schmatzte unter seinen Stiefeln, als er den Grund erreichte. Es hatte zwar nicht mehr geregnet, doch der Boden war nach dem Gewitter der vorletzten Nacht noch nicht wieder getrocknet, sondern zu einer glitschigen Angelegenheit geworden.

»Puh, was für ein Matsch!«, rief er und sah sich um. Vorsichtig bewegte er sich auf den Schiffsrumpf zu. »Da hat sich aber einer echt Mühe gegeben. Wenn das ein Sturm war, dann bin ich der Kaiser von China.«

Jetzt wurde Georg neugierig und griff ebenfalls nach dem Seil, um sich in die Grube hinabzulassen. Damit war Tim allerdings gar nicht einverstanden. Er mochte es nicht, wenn er nicht alle unter Kontrolle hatte. Am liebsten wäre er Georg hinterhergesprungen. »Du musst schön dableiben!«, rief Georg ihm zu.

Beim Klettern stellte Georg sich nicht viel ungeschickter an als ihr Cousin. Doch als ihre Füße den Boden erreicht hatten, wurde sie unvorsichtig und wollte zu Richard hinübereilen. Gleich, als sie den ersten Schritt machte, spürte sie, wie ihr der Fuß wegrutschte, und dann saß sie auch schon im Schlamm!

»Du hättest besser eine Watthose angezogen!«, frotzelte Julius, als Georg sich umständlich aufrappelte und dabei ordentlich in den Matsch packen musste, um sich abzustützen.

Tim begann zu kläffen. Was machte Georg denn da!

Auch Anne musste lachen. »Du weißt doch, Georg: Wer den Schaden hat, braucht für den Spott nicht zu sorgen. Ich befürchte nur, dass dein Vater dich so nicht im Auto mitfahren lässt. Du wirst leider nach Hause laufen müssen.«

Georg schenkte Anne und Julius ein breites

Grinsen und versuchte notdürftig, ihre Hände an der Vorderseite der Hose abzuwischen. Nun war es ja auch egal.

Auch Richard konnte sich einen Kommentar nicht verkneifen. »Wenn du jetzt nicht dunkelhaarig wärst, sondern blond, dann könnte man dich glatt als Wikinger durchgehen lassen.«

Georg winkte ab. Zwar ärgerte sie sich über ihre eigene Unachtsamkeit, aber es gab wahrlich Schlimmeres, als mit Matsch beschmiert zu sein. Das war schließlich nicht das erste Mal. Man brauchte nur Tante Fanny zu fragen! Lediglich die Feuchtigkeit, die nun durch ihre Hose drang, war unangenehm auf der Haut.

Aber das alles war jetzt nicht wichtig.

Als sie die Trümmer des Schiffsbugs vor sich sah, war ihr eins schnell klar: »Wenn das da von einem Sturm herrühren soll, dann war das ein Hagelschauer mit so großen und spitzen Hagelkörnern!« Georg maß zwischen den Fingern die Größe eines Hühnereis ab.

»Für mich sieht das aus, als hätte der Urzeitvogel Archäopteryx mit seinem spitzen Schnabel auf dem Holz rumgehackt«, sagte Richard und richtete den Blick auf den Boden. »Aber ich sehe keine Abdrücke von gigantischen Vogelkrallen.« Dann stutzte er. »Moment mal! Schau mal, was für merkwürdige Spuren!«

»Na, waren da doch Dinosaurier am Werk?«, rief Anne vom Rand der Grube hinunter.

Georg kratzte sich am Kopf, wo ihre Finger kleine Lehmbröckchen in den Haaren hinterließen. »Du wirst lachen, aber ich glaube fast, ja. Jedenfalls habe ich so komische Spuren noch nie gesehen.«

Richard zeigte auf die anderen Fußabdrücke. »Die hier sind eindeutig von den Leuten, die hier gearbeitet haben. Schau, dicke Profilsohlen von Gummistiefeln und Arbeitsschuhen. Aber die anderen?«

»Was sind das denn für Spuren?«, fragte Anne.

»Sie haben die Form von sehr großen Menschenfüßen, sind aber irgendwie ... glatt«, versuchte Georg die Spuren zu beschreiben. »Und sie sind frischer als alle anderen. Außer unseren natürlich.«

»Glatt?«, hakte Julius nach.

»Ja, Georg hat recht, anders kann ich es auch nicht beschreiben.« Richard ging in die Hocke, um die Spuren von Nahem zu betrachten. »Glatt und in der Form grob zugeschnitten. Da sind ganz viele davon.«

Traurig betrachtete Georg die verwüstete Ausgrabungsstelle. »Es ist wirklich ein Jammer. So ein phänomenales Fundstück, und dann wird es zerstört.«

Plötzlich stieß Richard einen Pfiff aus. »Georg! Die Spuren, guck sie dir noch mal genau an. Ich meine, woher sie kommen und wohin sie führen!«

Georg blickte zu Boden. Mit einem Mal überkam sie ein heftiges Schaudern.

Die Warnung

»Georg, du bist ja total blass um die Nase!«, rief Anne besorgt, als ihre Cousine mühsam an dem Seil aus der Grube stieg.

Oben angekommen, ließ Georg sich auf den Hosenboden nieder, ungeachtet der Tatsache, dass das Gras noch feucht war. Ihre Hose war ja ohnehin klamm. Schweigend beobachtete sie, wie Richard nach ihr aus der Grube kletterte. Auch er machte ein ratloses und zugleich erschrockenes Gesicht.

»Könntet ihr uns mal erklären, was euch solch einen Schrecken eingejagt hat?«, bat Julius.

»Die Sache ist die«, begann Richard. »Diese merkwürdigen Spuren sehen aus, als kämen sie direkt aus dem Schiff.«

Anne glaubte, falsch gehört zu haben. »Bitte was?«

»Ja! So, als seien da welche mit so großen Füßen aus dem Schiff gestiegen und zum anderen Ende der Grube gelaufen.« Richard zeigte mit den Händen eine beeindruckende Schuhgröße. »Und wie gesagt, die Spuren sind frischer als alle anderen, sind ganz glatt, vollkommen ohne Profil oder so was, wie von … wie von …«

»Ganz einfachen Sandalen mit Ledersohle«, sagte Georg plötzlich.

Betretenes Schweigen stellte sich ein.

Anne konnte es beinahe vor sich sehen, wie eine Horde von jungen Wikingern aus ihrem Schiff sprang und laut brüllend über das Gelände jagte.

Julius fand als Erster die Sprache wieder. »Jetzt mal langsam, Leute. Wollt ihr damit sagen, dass die Spuren von Wikingern stammen, die mit einfachen Sandalen an den Füßen aus ihrem schönen Schiff gestiegen sind, um hier die Ausgrabungen zu verwüsten?«

Gedankenversunken betrachtete Anne das Absperrband, das im Wind tanzte, und plötzlich stellte sich eine Erinnerung ein. Was hatte einer der Mitarbeiter des archäologischen Instituts gestern gesagt? *»Damit werden wir die Horden sowieso nicht abhalten können«*, flüsterte sie.

»Was hast du da gesagt?«, fragte Julius.

Anne begann zu frösteln und zog sich den Anorak enger um die Schultern. »Nicht ich habe das gesagt, sondern einer der Wissenschaftler gestern.«

Jetzt musste Julius lachen. »Ihr glaubt doch wohl nicht an Gespenster! Die Rückkehr der Wikinger aus dem Totenreich! Und angenommen, es gäbe solche Geisterwikinger, warum sollten sie dann ausgerechnet ihre eigene Siedlung plattmachen?«

»Ich glaube in erster Linie an das, was ich sehe«, erklärte Georg und sprang auf die Füße. Sie versuchte, sich den Lehm von der Hose zu wischen, was aber ein sinnloses Unterfangen war. »Und ich kombiniere es mit dem, was ich höre. Diese Spuren da sind auf jeden Fall sehr real. Und außerdem stimmt das, was Anne sagt. Die Archäologen haben gestern solche Bemerkungen gemacht. Einer hat auch noch was von *im Frieden gestört* gefaselt oder so ähnlich.«

»Und vergessen wir nicht die Warnung von Helgi Schwarzhaupt«, erinnerte Richard.

»Helgi Schwarzhaupt?« Georg grinste. »Na gut, warum sollen wir ihn nicht so nennen?«

»Trotzdem, das ist doch alles Humbug«, empörte sich Julius.

Georg tippte ihm mit der Spitze ihres Zeigefingers auf die Brust. »Wenn das Humbug ist, dann sollten wir mal herausfinden, was dahintersteckt, meinst du nicht?«

Richard zeigte hinab in die Grube. »Ja, und dann sind da ja auch noch die Spuren im Holz. Wenn du mich fragst, dann sehen die aus, als hätte jemand auf dem Holz rumgehackt mit einer … ja, mit einer Streitaxt.«

Julius zeigte seinem Bruder einen Vogel. »Jetzt geht aber deine Fantasie mit dir durch, Brüderchen!«

Georg trat zwischen Richard und Julius. »He, he, bevor das hier zum Bruderzwist ausartet, schlage ich vor, dass wir uns mal weiter umsehen.«

Julius hob abwehrend beide Hände. »Schon gut, ihr habt ja recht. Gehen wir also weiter.«

»Ich müsste vorher mal wohin«, sagte Anne mit verkniffener Miene. »Aber die Gaststube scheint immer noch nicht geöffnet zu sein.«

Julius zeigte auf die Seite des Gebäudes. »Da hinten bei der Sonnenterrasse gibt es auch noch von außen zugängliche Toiletten, habe ich gesehen. Vielleicht hast du Glück und sie sind nicht verschlossen.«

»Wir können ja währenddessen eine kleine Pause machen und die Brote essen«, schlug Richard vor und erntete damit missbilligende Blicke.

»Du kannst doch unmöglich schon wieder Hunger haben!«, rief Georg empört.

Richard legte seiner Cousine die Hand auf die Schulter. »Falls du es immer noch nicht verstanden haben solltest, liebe Georg: Ich habe immer Hunger.«

Georg schubste ihn lachend vor sich her.

Sie wollten die Stelle aufsuchen, an der die ersten Mauerreste freigelegt worden waren. Anne würde sie schon finden, so unübersichtlich war das Gelände ja nicht.

Tim lief schnüffelnd hin und her. Hier gab es offenbar jede Menge Spuren, die ihn interessierten, und außerdem Kaninchen in Hülle und Fülle! »Wag es ja nicht, ihnen hinterherzujagen!«, mahnte Georg.

»Da sind wir ja schon«, stellte Julius fest, als sie das Areal erreicht hatten. Hier musste nicht so viel Erde abgetragen werden wie bei der Fundstelle des Schiffes. Die Mauerreste lagen nicht so weit unter der Oberfläche.

»Hatten die denn Häuser aus Stein?«, fragte Richard ungläubig. »Ich mag es kaum glauben.«

»Was du aber glauben kannst, ist, dass der Großteil der Holzkonstruktionen über die vielen

Jahrhunderte längst verrottet ist. Dass das Holz des Schiffes so gut konserviert wurde, grenzt an ein Wunder«, erinnerte Julius. »Natürlich hatten die Wikinger Holzhäuser, aber die Fundamente waren solider gebaut, aus Stein also. Sie haben aber auch viel mit Lehm gearbeitet. Davon gibt es hier ja reichlich.«

»Seht euch das an!« Traurig betrachtete Georg die Misere. Auch hier sah es aus, als seien die Gestalten mit den großen Füßen einfach ohne Rücksicht auf Verluste über die Ausgrabungen hinweggerannt. Zwar war hier der Schaden nicht so groß, da die Steine selbst nicht kaputtgegangen waren, doch einige waren aus den Mauerresten herausgebrochen und lagen wild verstreut herum.

Ein Stück weiter Richtung Westen befanden sich die nächsten Mauerreste. Zwischen ihnen hatte sich eine kleine Senke gebildet.

Plötzlich blieb Georgs Blick an etwas hängen. Etwas Helles, Längliches ragte aus dem linken Teil der Mauer. »Was ist das? Könnt ihr das erkennen?«

Ohne eine Antwort abzuwarten, ging sie auf den Gegenstand zu, der da in dem Mauerrest steckte. Schon beim Näherkommen ahnte Georg, um was es sich handeln könnte, und das fesselte ihre Aufmerksamkeit dermaßen, dass sie nicht mehr darauf achtete, wohin sie trat. Auf einmal gab der Boden unter ihrem linken Fuß nach und sie versank beinahe knietief in einem Matschloch. Braunes Wasser schwappte ihr in den Stiefel und füllte diesen im Nu. Beinahe hätte Georg das Gleichgewicht verloren, sodass sie den linken Fuß rasch nachziehen musste. Weil der Stiefel fest im Matsch steckte, rutschte ihr Fuß heraus und schon trat Georg in Socken in den Schlamm.

»Iiihhh!«, rief sie, musste dabei aber selber über ihr eigenes Missgeschick so heftig lachen, dass sie beinahe doch noch gestrauchelt wäre. Schon allein das Gefühl, wie sich der Matsch zwischen die Zehen drückte, war einfach nur lustig.

Julius kam ihr zu Hilfe und packte sie am Arm. »Heiliger Odin! Jetzt siehst du wirklich aus wie ein Wesen aus der Unterwelt. Ich frage mich wirklich, wie du deinen Vater dazu bringen willst, dich im Auto mitfahren zu lassen.«

»Aber was ist denn nun mit dem Teil da?«, erinnerte Richard.

Georg musste immer noch kichern, als sie mit

viel Kraft den Gummistiefel aus dem Matsch zog und dann die letzten Meter zu der Mauer zurücklegte, den einen Fuß im Socken, den anderen im Stiefel und den zweiten Stiefel in der Hand.

Es war wirklich das, was sie vermutet hatte: In der Mauer steckte eine altertümliche Streitaxt!

Doch das war nicht das einzige Bemerkenswerte. Mit der Axt war eine Botschaft in der Mauer fixiert. Zwischen Schneide und Mauer klemmte ein Stück dünnes Leder, auf das ein Zeichen eingebrannt war!

Georg konnte nicht genau erklären, warum

sie die Streitaxt nicht anfassen mochte. Es hatte sicher nichts damit zu tun, dass diese schmutzig, alt und verwittert war. Es war etwas anderes, was sie davon abhielt.

Doch Julius hatte sich bereits den Rucksack vom Rücken genommen und den Skizzenblock und einen Bleistift hervorgeholt. Obwohl Georg diejenige von ihnen war, die am besten zeichnen konnte, scheute er sich, ihr Bleistift und Block zu geben – schmutzig, wie sie war. Stattdessen versuchte er sich selbst daran, das sonderbare Zeichen auf das Papier zu übertragen. Schließlich handelte es sich auch um keine komplizierte Zeichnung.

Was von Weitem anmutete wie eine Schneeflocke, sah von Nahem aus wie sechs Spieße mit Querverstrebungen, die sich in der Mitte trafen. Da die Schneide der Axt mitten hindurchgegangen war, war das Zeichen nicht vollständig zu sehen.

»Das wird ja immer rätselhafter.« Richard legte die Stirn in Falten, während er Julius' Zeichnung betrachtete. »Wenn ihr mich fragt, dann sollten wir uns mal eine Übersicht verschaffen und alles aufschreiben, was wir wissen. Und eine Skizze sollten wir anfertigen. Wir haben noch die, die Onkel Quentin von *Hunter's Farm* gemacht hat, die könnten wir ergänzen.«

Georg ließ den einen Stiefel fallen und sah sich suchend um. »Was ich auch rätselhaft finde, ist, wo Anne bleibt. Sie müsste doch längst hier sein. Ob sie uns nicht gefunden hat?«

Auch Julius blickte suchend umher. »Kann nicht sein. Das Gelände ist übersichtlich genug.«

»Hä?« Georg drehte sich einmal um die eigene Achse. »Und Tim ist auch weg. Habt ihr mitbekommen, ob er sich aus dem Staub gemacht hat?«

»Ehrlich gesagt, nein«, gab Richard zu. »Ich war gerade abgelenkt von einem ziemlich amüsanten Schauspiel.«

»Schauen wir also, wo sie bleiben. Bestimmt ist Tim bei Anne«, sagte Georg und zog sich auch den anderen Stiefel und beide Socken aus. Dann lief sie barfuß zurück zum Gasthof.

Julius verstaute den Skizzenblock und schulterte den Rucksack. Dann zeigte er auf Georgs Füße. »Erkälte dich bloß nicht.«

Georg warf lachend den Kopf in den Nacken. »Jetzt klingst du wie meine Mutter. Von Anne hätte ich eine solche Bemerkung ja erwartet, aber von dir? Außerdem härtet es ab, mal barfuß durch das Gras zu laufen. Das regt den Kreislauf an.«

»Georg hat recht«, mischte Richard sich ein. »Das ist sicher allemal besser, als mit Matschfuß im Stiefel rumzulaufen.«

»Matschfuß im Stiefel fühlt sich obendrein unangenehm an und man läuft sich bestimmt schnell Blasen«, fügte Georg hinzu und fand, dass es nun genug Argumente waren.

Julius zuckte gleichgültig die Schultern. »Wenn ihr meint.«

Rasch hatten sie die Sonnenterrasse erreicht, doch von Anne und Tim war weit und breit nichts zu sehen.

Die Tür der Damentoilette stand offen. Georg warf einen Blick hinein. »Keiner drin.«

Durch ein Seitenfenster erkannte Richard, dass in der Gaststube nun Licht brannte. »Vielleicht ist sie doch hineingegangen und hat sich festgequatscht.«

Als die Freunde die Gaststube betraten, war zunächst niemand zu sehen, doch aus dem hinteren Raum waren eilige Schritte zu hören. Im nächsten Augenblick kam Ella hinter der Theke zum Vorschein. Sie wirkte abgehetzt und aufgebracht.

»Ach, ihr seid das«, sagte sie schlicht. »Ist etwas Dringendes? Weil … ich muss …«

»Können wir Ihnen irgendwie helfen?«, fragte Julius spontan.

»Nein. Ja. Das heißt…«, stammelte Ella. »Habt ihr den Schnuffi irgendwo gesehen? Ich kann ihn nirgendwo finden. Ich kriege einen Heidenärger, wenn der ausgebüxt ist, weil …«

Georg, Richard und Julius warfen sich amüsierte Blicke zu. Schnuffi? Sie meinte damit doch wohl nicht Erik Blutaxt?

Ella fuhr sich nervös durch die Haare, die ihr wirr vom Kopf abstanden. »Wenn der Chef nicht da ist, dann ist der Schnuffi immer angebunden, da drüben in seiner Ecke.« Sie drehte sich fahrig von einer Seite zur anderen. »Ich hatte kurz hinten zu tun, und als ich wieder in den Schankraum kam, da war er weg. Muss sich losgerissen haben. Aber die Tür war doch zu und …«

»Wir helfen Ihnen suchen«, entschied Richard, wobei er sich sehr angestrengt ein Grinsen verkneifen musste. Wie konnte man einen Hund wie Erik Blutaxt Schnuffi nennen? »Wissen Sie, wir sind nämlich sowieso gerade auf der Suche.«

»Ja, nach unserer Schwester Anne und unserem

Hund Tim«, erklärte Julius. »Die haben Sie nicht zufällig gesehen, oder?«

Im selben Augenblick war von draußen erst zorniges Kläffen zu hören, dann folgte ein sonderbares Bellen, das eher verzweifelt klang. Das waren eindeutig zwei Hunde!

»Tim!«, rief Georg.

»Schnuffi!«, rief Ella.

Und dann stürmten sie schon alle miteinander hinaus.

»Das kam von da drüben!«, rief Richard und rannte zur Schiffsgrube hinüber.

Und da stand Anne am Rande der Grube und hielt Tim am Halsband fest. Beide schauten hinunter in die Grube und Tim bellte in einer Tour.

»Anne, wo hast du denn nur gesteckt?« Julius war als Erster an ihrer Seite, und dann wusste er nicht, ob er einen Schrecken kriegen oder lachen sollte. Er entschied sich für das Zweite. Denn unten in der Grube hockte Erik Blutaxt und ließ die Lefzen hängen. Sogar das Kläffen war ihm vergangen. »Wie kommt der denn da rein?«

Georg befahl Tim, leise zu sein, damit sie hören konnten, was Anne ihnen zu erzählen hatte. Der saß ein gehöriger Schreck in den Knochen, das war nicht zu übersehen. Aber dennoch schien auch sie sich zu amüsieren.

»Tim ist ein tapferer und kluger Hund«, begann sie. »Als ich vorhin aus der Toilette wollte, konnte ich nicht hinaus. Direkt vor der Tür saß Erik Blutaxt und knurrte mich mit gefletschten Zähnen an.«

»Erik Blutaxt?«, fragte Ella.

Doch keiner ging auf ihre Frage ein.

»Ich hatte schreckliche Angst«, fuhr Anne fort. »Ich wusste nicht, was ich machen sollte. Ich saß in der Falle.«

Georg kniff die Augen zu schmalen Schlitzen zusammen. »Das muss Tim gemerkt haben«, schlussfolgerte sie.

»Ja«, rief Anne. »Tim ist mir zu Hilfe gekommen.«

Julius kratzte sich am Kopf. »Ja, aber ich verstehe nicht ganz. Tim hat es doch sicher nicht gewagt, sich mit diesem Hund da anzulegen.«

Anne schüttelte energisch den Kopf. »Ich sage doch, Tim ist ein kluger Hund. Er hat einfach nur geknurrt und Erik Blutaxt ist immer wieder ein Stück zurückgewichen. Stückchen für Stückchen Richtung Grube, bis er schwuppdiwupp mit den Hinterbeinen keinen Halt mehr hatte und runtergerutscht ist.« Anne zeigte auf die Stelle am Rand, wo man deutlich sehen konnte, wie die Bulldogge verzweifelt versucht hatte, mit den Krallen Halt zu finden, und schließlich in die Grube gerutscht war. Da saß sie nun wie ein Häufchen Elend und wirkte keineswegs mehr Furcht einflößend.

Ella warf einen Blick über den Rand und hielt sich die Hand vor den Mund. »Ach, du lieber Himmel, wie kriegen wir denn Erik … äh, Schnuffi da wieder raus?«

Richard, der immer für einen Spaß zu haben war, deutete auf den Bagger. »Vielleicht fragen Sie mal einen vom Bautrupp, ob er ihn wieder rausschaufelt.«

In dem Moment stieg Ella die Röte ins Gesicht. »Aber … die sind doch … also, die sind doch gar nicht mehr da. Sind … äh, abgezogen worden.«

Das amüsierte Richard nun noch mehr. Dachte Ella etwa, sein Vorschlag sei ernst gemeint gewesen?

Julius klaubte erneut das Seil aus dem Rucksack. »Also, wenn Sie einen Sack oder so was haben und sich nicht fürchten, den Hund anzufassen, dann sollte es kein Problem sein, ihn da rauszukriegen.«

Ella seufzte. »Dann hole ich mal einen Kartoffelsack und die Leiter bring ich auch gleich mit.«

Als Schnuffi aus der Grube gerettet war und die Freunde nun meinten, es sei Zeit, einmal zu sehen, wo Onkel Quentin überhaupt steckte, machte sich Georg in Gedanken zwei Notizen. Zum einen mussten sie der Frage nachgehen, wie und warum der Hund vor die Toilettentür gekommen war. Und zum anderen mussten sie herausfinden, warum Ella gerade auf Richards Bemerkung mit dem Bagger so seltsam reagiert hatte.

Da wurde sie von Richard aus den Gedanken gerissen. »Sagt mal, bevor wir jetzt nach Onkel Quentin suchen, könnten wir nicht erst mal die Brote essen? Da, wo mein Magen ist, fühlt es sich an, als sei da ein Vakuum.«

Warum lügt Ella?

Mit einer großen Kanne Tee hatten es sich die Freunde auf dem Fußboden im Zimmer der Mädchen gemütlich gemacht. Georg hatte zunächst ein ausgiebiges Bad genommen und verströmte jetzt, in ihren Bademantel gewickelt, einen angenehmen Duft nach Badeschaum.

»Da hast du ja noch mal Glück gehabt, dass Onkel Quentin dich doch im Auto mitgenommen hat«, sagte Richard. »Wie gut, dass er noch die alte Pferdedecke im Kofferraum hatte.«

Georg zuckte die Schultern. »Tja, sonst hätte *ich* halt in den Kofferraum gemusst.«

Sie zog die beiden Skizzen zu sich heran und tippte auf die Zeichnung, die Julius angefertigt hatte. »Was könnte das sein? Das muss doch eine Botschaft sein. Etwas, das die Leute vom archäologischen Institut erkannt haben. Vielleicht war es das, was ihnen solche Angst eingejagt und sie dazu veranlasst hat, die Arbeit niederzulegen.«

»Wie geht es denn nun überhaupt weiter?«, fragte Anne. »Ich habe das vorhin nicht mitbekommen.«

»Onkel Quentin ist zusammen mit Caspar zum Institut gefahren«, erklärte Julius. »Dort findet eine Krisensitzung statt. Für die nächste Nacht haben sie eine Wache aufgestellt.«

»Oh«, staunte Richard. »Dann hat sich jemand dazu bereit erklärt, obwohl sie doch alle so großen Respekt vor den mysteriösen Dingen haben, die dort passiert sind? Das erstaunt mich jetzt aber.«

»Trotzdem stellt sich die Frage, wie wir herausfinden können, was es mit diesem Zeichen da auf sich hat«, erinnerte Julius.

»Hm«, machte Georg, sprang auf die Füße und warf einen Blick aus dem Fenster. »Ihr meint, mein Vater ist zum Institut aufgebrochen, während ich in der Badewanne saß? Tatsächlich, sein Auto ist fort. Beste Gelegenheit also, das Wikingerbuch aus seinem Büro auszuleihen.«

Weil Onkel Quentin es ja nicht duldete, dass sie in seiner Abwesenheit in sein Arbeitszimmer gingen, durfte Georg keine Spuren hinterlassen. Sie mussten zusehen, dass das Buch wieder an Ort und Stelle war, wenn Onkel Quentin zurückkam. Und da sie nicht wussten, wie lange er fortbleiben würde, hieß es, sich zu sputen.

Georg eilte die Treppe hinunter und kam wenige Minuten später mit dem Buch zurück, das zum Glück leicht zu finden gewesen war. Die anderen hatten die Zeit genutzt und Onkel Quentins Skizze ergänzt. Jetzt waren auch die Fundorte der Mauerreste eingezeichnet und alle Stellen, an denen sie Spuren gefunden hatten, waren markiert.

Georg hockte sich wieder zu den anderen auf den Boden und schlug das Inhaltsverzeichnis auf. Einer spontanen Eingebung folgend, suchte sie ein bestimmtes Stichwort. »Ah, da ist es ja.« Georg blätterte und fand schließlich die gesuchte Seite. »Zauberkult«, las sie die Überschrift vor. »Mal sehen.« Dann überflog sie den Artikel, während ihr die anderen gebannt über die Schulter lugten.

Als Georg die nächste Seite umblätterte, hielten sie plötzlich die Luft an.

»Na, wenn das kein Volltreffer ist!« Wie ein Raubvogel im Sturzflug landete Georgs Fingerspitze auf einer Zeichnung, die der von Julius ziemlich ähnlich war.

»Zauberzeichen, die im Kampf verwendet wurden«, las Georg vor. »Sie sollten dem Feind Unglück bringen, zum Beispiel durch Herbeiführung schweren Unwetters oder durch Niederlagen in der Schlacht. Wurde darüber nicht auch unlängst am Lagerfeuer gesprochen?«

»Natürlich!«, rief Julius. »Andererseits: Um welchen Feind soll es denn hier gehen? Warum Kampf?«

Georg überlegte einen Moment. »Erinnern wir uns noch einmal an das, was die Männer gesagt haben. Wenn ich das alles richtig interpretiere und eins und eins zusammenzähle, dann sind sie der Überzeugung, dass sich die Geister der Wikinger, die hier ihre Siedlung hatten, durch die Ausgrabungen in ihrer Totenruhe gestört fühlen. Die Wikingerhorden wurden sozusagen geweckt, sind, wie damals, als sie zum ersten Mal hier an Land gingen, aus ihrem Schiff gestiegen und haben Spuren der Verwüstung hinterlassen. Und eine Botschaft, die für einen archäologisch bewanderten Menschen leicht zu deuten ist.«

»Und diese Botschaft sagt: Unheil wird über dich kommen«, ergänzte Julius.

Anne ließ sich rücklings auf den Boden sinken, was Tim als Aufforderung verstand, ihr durch das Gesicht zu schlecken. »Igitt, Tim, lass das!« Anne schob ihn sanft, aber energisch beiseite. »Ich bin nicht so dreckig, wie dein Frauchen es vorhin

war.« Dann wischte sie sich mit dem Ärmel über das Gesicht und sagte: »Aber wir wissen doch, dass es keine Geister gibt, wenn das auch zugegebenermaßen alles sehr rätselhaft ist. Ich frage mich zum Beispiel, wie diese Spuren entstanden sein sollen, wenn sie wirklich so aussehen, als kämen sie geradewegs aus dem Schiffswrack. Und ich wundere mich, dass gestandene Archäologen sich davon einschüchtern lassen.«

Georg winkte ab. »Das sind auch nur Menschen. Und du hast ihre Schauergeschichten am Lagerfeuer doch gehört. Vielleicht haben sie sich zu viel mit diesen Dingen beschäftigt, und nun geht die Fantasie mit ihnen durch.«

»Kann möglich sein«, gab Julius zu. »Wenn wir uns also einig sind, dass wir es hier nicht mit Zauberei zu tun haben, dann fragt sich, wer diesen Unfug gemacht hat und warum.«

»Apropos Drohung. Gehen wir mal davon aus, dass Erik Blutaxt sich auch nicht allein losgebunden und die Tür geöffnet hat«, erinnerte Georg. »Dann denke ich also, dass derjenige, der den Hund vor der Toilettentür platziert hat, Anne und damit uns alle erschrecken wollte. Das war auch eine Drohung!«

Anne setzte sich ruckartig auf. »Du meinst, da hat jemand mitbekommen, dass wir uns für die Angelegenheit interessieren. Und nun hat er es auf uns abgesehen? Dann hat Helgi Schwarzhaupt wohl recht und wir sollten uns besser von dort fernhalten.«

Aber Georg wollte davon nichts wissen. »Papperlapapp! Bestimmt ist das alles nur Säbelrasseln.«

Anne schlang die Arme um die Beine. »Ich weiß nicht. Das mit der Dogge hat mir schon ganz schön viel Angst gemacht. Ehrlich.«

In diesem Moment zog ein herrlicher Duft nach gebratenen Eiern durch das Treppenhaus, und Richard hob sofort witternd die Nase in die Luft.

Tante Fannys Rufen ließ nicht lange auf sich warten. »Kinder, kommt runter, das Abendessen ist fertig!«

Das ließ Richard sich nicht zweimal sagen und wollte schon zur Tür hinaus. »Vergesst nicht, das Wikingerbuch mit hinunterzunehmen!«

Georg lag noch wach, als sie spät am Abend ihren Vater heimkehren hörte. Die Sitzung hatte wirklich lange gedauert. Georg war etwas in den Sinn gekommen, was ihr vorhin nicht eingefallen war. Jetzt schlüpfte sie aus dem Bett und schlich auf Zehenspitzen die Treppe hinunter. Sie begegnete ihrem Vater noch im Flur, wo er gerade seinen Mantel aufhängte. Er sah müde und erschöpft aus. »Nanu, Georg, du schläfst noch nicht?«

Georg schüttelte den Kopf. »Aber bestimmt gleich. In der Küche steht noch etwas zu essen für dich.«

Als er an ihr vorbei in die Küche ging, strubbelte er ihr kurz über den Kopf. »Ich hoffe, du bist wieder richtig sauber. Aber wie ich sehe, läufst du noch immer barfuß durch die Gegend. Das ist auf den kalten Fliesen nun wirklich nicht zu empfehlen.«

Georg lächelte. »Ich bin auch gleich wieder im warmen Bett. Ich wollte dich nur etwas fragen. Du hast doch vorhin gesagt, dass die Ausgrabungen heute Nacht bewacht werden. Wer hält denn dort eigentlich Wache?«

Georgs Vater biss in ein belegtes Brot und antwortete mit vollem Mund, was sonst so gar nicht seine Art war. Er musste wirklich Hunger haben. »Nun, das erledigen ein paar Arbeiter der Baufirma. Sie sind ohnehin noch da und haben nichts zu tun, weil sie die nächste Baustelle noch nicht in Angriff nehmen können und warten müssen, bis sie erfahren, wo sie ihre Baufahrzeuge hinbringen sollen.«

»Ach so, die machen das«, antwortete Georg und versuchte, ihre Verblüffung nicht zu zeigen.

»Warum fragst du?«, fragte ihr Vater kauend.

»Ach, nur so«, antwortete Georg ausweichend. »War eine Wette zwischen den Jungs und mir.«

»Und? Hast du gewonnen?«, wollte ihr Vater wissen.

»Leider nein«, gab Georg vor.

»Tja, dann ab mit dir ins Bett. Gute Nacht, Georgina.«

»Gute Nacht, Vater.«

Und wieder lag Georg wach und starrte an die Zimmerdecke, die sich im Dunkeln nur erahnen ließ. Warum hatte Ella gelogen?

Georg ärgerte sich. Sie hatte ihre Kräfte doch mächtig überschätzt und vor allem den Gegenwind nicht einkalkuliert. Er wehte zwar nicht besonders heftig, dafür aber konstant von vorn. Ihr war vom Radfahren ganz warm – und gleichzeitig fröstelte sie in der Nachtluft. Diesmal hatte sie selbst Sorge, sie könnte sich erkälten. Tim trottete brav neben ihrem Rad her. Sie war auf dem Weg zu *Hunter's Farm*.

Nun war sie schon zu weit gefahren, als dass es Sinn hatte, doch noch umzudrehen. Außerdem hatte sie den Ehrgeiz, das, was sie sich einmal in den Kopf gesetzt hatte, auch zu tun. Dafür war sie ja schließlich bekannt.

Je länger sie nachgedacht hatte, desto sicherer war sie sich gewesen, dass der Schlüssel zum Rätsel irgendwo beim Bautrupp lag oder dass die Männer zumindest etwas damit zu tun hatten.

Und wenn diese heute Nacht die Überwachung übernommen hatten, dann würde es sich sicher lohnen, wenn sie ihrerseits die Wachmänner überwachte. Georg musste nur aufpassen, nicht selbst ins Visier zu geraten.

Auch Mr Jeffersons Verhalten war ihr schleierhaft. An einem Tag war er förmlich ausgerastet und am nächsten war er gar nicht zu sehen gewesen. Seltsam!

Nicht ein einziges Auto war Georg auf der Küstenstraße begegnet, und nun, da sie langsam die Kräfte verließen, tanzte das Licht der Fahrradlampe auf dem Asphalt immer heftiger hin und her.

Endlich erblickte Georg im schwachen Licht ihres Fahrradscheinwerfers das Hinweisschild, das die Einfahrt zu *Hunter's Farm* anzeigte. Erleichtert atmete sie auf. Sie stieg kurz ab und gönnte sich eine kleine Verschnaufpause. »Jetzt sind es nur noch ein paar Hundert Meter, Tim.«

Auf halber Strecke zwischen Hauptstraße und *Hunter's Farm* versteckte Georg ihr Fahrrad im Gebüsch. Ihre Hand tastete in der Jackentasche nach der kleinen Taschenlampe.

Je näher sie dem Gelände kam, desto stärker

spürte sie ihren Herzschlag. Sie horchte so angespannt, dass sie bald meinte, nur noch das Rauschen ihres Blutes in den Ohren wahrzunehmen.

Weil der linke Gummistiefel noch nicht getrocknet war, hatte Georg ihre Wanderschuhe angezogen. Darüber war sie jetzt froh, denn sie gaben ihr festen Halt. Vorsichtig setzte sie Fuß vor Fuß. Sie wollte die Taschenlampe nicht anknipsen, um nicht entdeckt zu werden.

Bald aber konnte sie die Lichter von *Hunter's Farm* sehen, die zwischen den Stämmen einiger Bäume schimmerten. Nachdem Georg das kleine Wäldchen passiert hatte, lag das ehemalige Gehöft auf freier Fläche vor ihr.

Auch dort war schon weitgehend Ruhe eingekehrt. Nur in einigen Zimmern brannte noch gedämpftes Licht, ebenso in der Gaststube. Vielleicht war es auch nur ein Nachtlicht. Das konnte Georg auf die Entfernung nicht erkennen.

Sie wusste nicht, was sie erwartet hatte. Eine Horde Wikinger, die über das Gelände stürmte? Sicher nicht. Aber irgendein anderes geschäftiges Treiben? Menschen, die Sabotage betrieben an der Ausgrabungsstätte? Schon eher. Oder dass einer der Nachtwächter aus dem Dunkel gesprungen kam und sie packte, weil sie vielleicht doch zu unvorsichtig gewesen und entdeckt worden war?

Nein, sie wusste nicht genau, was sie erwartet hatte, doch ganz sicher nicht das, was sie hier vorfand. Nämlich nichts als die Lichter von *Hunter's Farm* und das Rufen einiger Seevögel in der Ferne. Nur eins wurde ihr in diesem Moment bewusst: Sie begann zu frieren.

Instinktiv steuerte sie auf das Gebäude zu, das Wärme und Gemütlichkeit ausstrahlte. Tim blieb dicht an ihrer Seite. Er hatte verstanden, dass er keinen Mucks von sich geben durfte.

Jetzt, als sie näher kam, hörte Georg die Wetterfahne auf dem Stallgebäude leise quietschen. Eines der Pferde schnaufte, und Georg hoffte inständig, dass Erik Blutaxt ihnen nicht irgendwo auflauerte.

Sie schlich zu einem der Gaststubenfenster und verfluchte das getönte Glas, das nur einen verfälschten Blick in den Innenraum zuließ. Immerhin war zu erkennen, dass da vier Männer um einen Tisch saßen. Sie spielten Karten und unterhielten sich. Georg konnte nicht verstehen, was sie sagten, doch nun schien einer einen Witz zu reißen, denn die Männer begannen grölend zu lachen und auf die Tischplatte zu klopfen.

Jetzt stand einer auf und lief Richtung Toilette. Dabei kam er nahe am Fenster vorbei. Georg duckte sich, konnte aber noch erkennen, dass der Mann auf dem Ärmel das Zeichen der Baufirma trug. Georg ging in die Hocke, lehnte sich mit dem Rücken an die Wand und dachte nach. Anstatt hier draußen Wache zu schieben, saßen die Männer also dort drin und spielten Karten. Und dennoch war alles ruhig und leise. Das konnte nur eins bedeuten.

»Timmi, wir müssen nach Hause«, flüsterte sie. »Der Rückweg wird nicht so schlimm, wir haben Rückenwind«, fügte sie mehr für sich selbst hinzu. »Tim?«

Georg fühlte Panik in sich aufsteigen. Tim war doch eben noch bei ihr gewesen. Hier, direkt neben ihr!

»Verdammt, Tim, wo steckst du?«, zischte sie, so laut sie sich traute.

Keine Reaktion.

Georg wusste sich keinen anderen Rat, als die Taschenlampe anzuknipsen.

Im Lichtschein erkannte sie ein Paar grobschlächtige Füße, und die steckten in einfachen Ledersandalen!

Oh nein, bitte nicht schon wieder, dachte Anne, als sie aufwachte und Georgs Bett leer vorfand. Die einfachste Erklärung war immer, dass Tim in aller Frühe hinausgemusst hatte und Georg mit ihm eine Runde drehte. Aber wie oft schon hatte etwas ganz anderes dahintergesteckt!

Seufzend schwang Anne die Beine über die Bettkante. Verschlafen rieb sie sich die Augen und lief zum Zimmer der Jungen hinüber. Beide schlummerten noch friedlich vor sich hin.

Anne packte Julius bei den Schultern und rüttelte ihn. »Julius, wach auf, Georg ist verschwunden.«

Stöhnend blinzelte Julius nach dem Wecker auf seinem Nachttisch. »Anne, es ist noch nicht mal sechs Uhr!«

»Eben drum!«, zischte Anne aufgeregt.

»Vielleicht musste Tim mal raus«, brummte Julius, zog sich die Decke über den Kopf und drehte sich auf die Seite.

»Das hätte ich bestimmt mitbekommen«,

wandte Anne ein. »Wenn Tim rausmuss und Georg deshalb weckt, dann kratzt er an ihrem Bett und fiept laut. Das kriege ich immer mit. Fast immer jedenfalls.«

»Siehst du«, hörte Anne gedämpft Julius' Stimme. »Und diesmal hast du es eben nicht mitbekommen. Schlaf weiter. Georg wird schon gleich wieder auftauchen.«

»Hör zu«, sagte Anne. »Ich schleiche mich jetzt raus und gucke, ob ihr Fahrrad im Schuppen steht, und wenn nicht, dann komme ich wieder.«

Jetzt drehte Julius sich wieder um. »Schon gut, ich gehe mit dir zum Schuppen.«

Julius stand auf und schlüpfte in seinen Morgenmantel. Gemeinsam schlichen sie die Treppe hinunter und zur Hintertür hinaus, in der Hoffnung, Tante Fanny und Onkel Quentin nicht zu wecken.

Sie hielten die Luft an, als die Schuppentür in den Angeln quietschte. Wenn alles um einen herum noch still und leise war, dann hörten sich die leisesten Geräusche an, als seien sie ein gewaltiger Lärm.

»Verdammt, das hätte ich mir doch denken können«, sagte Anne, als sie sah, dass Georgs Fahrrad nicht da war.

»Vielleicht wollte sie mit Tim mit dem Rad eine Runde drehen«, versuchte Julius eine Erklärung zu finden.

Doch Anne zeigte ihm einen Vogel. »Wenn sie so früh mit ihm rausmuss, dann stromert sie mit ihm immer nur ein wenig durch die Felder oder zu den Dünen hinüber.«

»Aber ihre Gummistiefel stehen da!«

Anne zuckte die Schultern und fühlte in den linken Stiefel. »Ja, und? Ist doch klar. Der ist immer noch nass.«

Julius holte einmal tief Luft. »Also gut, wecken wir Richard. Ich fürchte, ich weiß, wo wir nach ihr suchen müssen.«

Anne machte ein verzweifeltes Gesicht. »Ich weiß nicht, ob ich es schaffe, bis *Hunter's Farm* mit dem Rad zu fahren.«

Julius überlegte nicht lange. »Dann fahre ich mit Richard allein und du kommst später mit Onkel Quentin nach«, entschied er kurzerhand.

Als sie zum Haus zurückschlichen, blieb Anne plötzlich wie angewurzelt stehen. »Julius, sieh nur!« Sie zeigte auf die Haustür. Etwas steckte im Querbalken über dem Eingang!

Als sie näher kamen, erkannten sie sofort, was das war.

»Ich denke, wir sollten uns beeilen«, sagte Julius, als er die Streitaxt aus dem Balken zog.

Falsches Spiel

Natürlich ging den Brüdern der Gedanke an die Streitaxt nicht aus dem Kopf, als sie, heftig in die Pedale tretend, auf dem Weg zu *Hunter's Farm* waren. Das Zeichen war eindeutig gewesen. Es war eine Warnung, die sie nun sträflich missachteten. Aber konnten sie ihre Cousine im Stich lassen? Ganz sicher nicht.

Julius war froh, dass sie die Axt entdeckt hatten, bevor Onkel Quentin sie finden konnte. Oder gar Tante Fanny. Das wäre nicht auszudenken gewesen. Sie hätte sich sicher die größten Sorgen gemacht.

Doch Richard und Julius waren sich sicher, dass auch dieses Zeichen ebenso wenig mit einem Zauber oder Fluch aus der Vergangenheit zu tun hatte wie die anderen Vorkommnisse und stattdessen eine ganz irdische Erklärung hatte. Und der würden sie jetzt auf den Grund gehen.

»Wenn wir doch nur wüssten, wie lange Georg schon weg ist«, keuchte Julius gegen den Wind an.

»Das müssen wir ihr wirklich mal beibringen«,

schimpfte Richard. »Wenn sie schon Alleingänge startet, dann soll sie bitte schön konkrete Angaben hinterlassen.«

Julius lachte und war froh, als sie endlich die Einfahrt zu *Hunter's Farm* erreichten. »Jetzt heißt es, auf der Hut zu sein.«

»Klaro«, antwortete Richard, der ganz offensichtlich eine bessere Kondition hatte als sein älterer Bruder. Er war kaum außer Atem. »Am besten, wir verstecken die Räder in dem Gebüsch da drüben. Oh, hallo, was haben wir denn da?«

»Georgs Fahrrad!«, rief Julius und platzierte sein Rad daneben. »Dann hatten wir also den richtigen Riecher.«

Richard verengte seine Augen zu Schlitzen und spähte Richtung *Hunter's Farm*. »Haben wir eigentlich einen Plan?«

»Wie sollten wir das?«, fragte Julius leise zurück. »Es ging doch alles viel zu schnell und wir wussten doch gar nicht, was uns hier erwartet.«

Julius hatte daran gedacht, sein Fernglas mitzunehmen. Die Morgendämmerung war noch nicht vorbei. Nebelschwaden hingen wie feine Schlieren aus Zuckerwatte über dem Gelände, aber inzwischen war es so hell, dass das Gasthaus schon zu erkennen war. Julius suchte das Gelände durch den Feldstecher ab. »Die Nachtwachen scheinen ihren Dienst schon beendet zu haben. Apropos Nachtwache: Warum ist es Georg wohl mitten in der Nacht so plötzlich in den Sinn gekommen, hierherzufahren? Ich meine, wenn sie die Idee gehabt hätte, einfach mal zu sehen, ob hier wieder irgendein nächtliches Spektakel stattfindet, dann hätte sie das doch gestern Abend mit uns besprochen.«

»Stimmt«, sagte Richard mit leiser Stimme. »Übrigens: Kannst du Georg irgendwo sehen?«

Julius senkte das Fernglas. »Nein, keine Spur von Georg und Tim.« Er ging in Gedanken noch einmal ihre Aufzeichnungen vom Vorabend durch. Gab es da einen Anhaltspunkt? Julius war ratlos.

Aufmerksam lauschend wie Luchse, schlichen Julius und Richard auf *Hunter's Farm* zu. Immer wieder sahen sie sich vorsichtig um und ließen ihre Blicke über das Gelände schweifen, auf dem sie in den letzten Tagen so viel Zeit verbracht hatten.

Es war gewagt, bis zur Schiffsgrube zu laufen, denn dort waren sie kaum vor Blicken geschützt.

Sie mussten sich sehr tief ducken. So konnten sie zumindest von den Gebäuden aus nicht gesehen werden, als sie sich jetzt von der anderen Seite näherten.

Sie wussten nicht, was sie erwartet hatten, aber sicher nicht das: Der Schiffsbug war verschwunden!

Hinter dem Bagger gingen sie für einen Moment in Deckung. Vor Aufregung waren sie außer Atem geraten und mussten sich erst einmal beruhigen.

»Was hat jetzt das zu bedeuten?«, flüsterte Julius. »Tolle Nachtwache. Hat ja viel gebracht!«

Um besser sehen zu können, wagte sich Richard auf das Trittbrett am Führerhaus und duckte sich hinter das Lenkrad. Von hier aus hatte er nun einen anderen Blick auf die Grube als vorher, und plötzlich ging ihm ein Licht auf.

»He, Julius«, flüsterte er kaum hörbar. »Ich weiß jetzt, wie es sein konnte, dass die Spuren nur aus dem Boot herausführen. Und ich weiß auch, warum der Bagger etwas verschoben wurde.«

»Sei leise!«, mahnte Julius. »Was meinst du?«

»Unsere vermeintlichen Wikinger wurden mit der Baggerschaufel in das Schiffswrack hinuntergelassen. Ganz einfach. Und mit den Zacken vorn an der Schaufel kann man auch ganz wunderbar in das Holz hacken, sodass es aussieht, als hätte jemand mit einer Streitaxt hineingehauen, die viel größer ist als die, die wir gefunden haben.«

»Die beiden, die wir gefunden haben«, erinnerte Julius, der die ganze Sache inzwischen ziemlich verwirrend fand. »Aber wo ist denn nur der Schiffsbug hin?«

Plötzlich erinnerte Richard sich an ihren Ausflug in den Ort und an den Bauarbeiter in der Telefonzelle. »Glaubst du, einer der Archäologen würde den Bagger bedienen?«

Julius zuckte die Schultern. »Keine Ahnung, aber ich glaube eher nicht. Du meinst, die Leute von der Baufirma selbst haben hier nachts ihr Unwesen getrieben? Aber wo sollten die denn die antiken Streitäxte herhaben?«

»Die können sie doch nur von den Archäologen haben«, zischte Richard. »Ich sag dir, die stecken alle unter einer Decke.«

»Ich weiß nicht«, erwiderte Julius nachdenklich. »Komm, schauen wir weiter.«

In einem großen Bogen huschten Julius und Richard nun auf die beiden Gebäude zu. Sie mussten vorsichtig sein, denn sicher würde auch hier gleich der Tag beginnen. Ein Blick durch die getönten Scheiben verriet ihnen, dass Ella bereits dabei war, einen Tisch für das Frühstück einzudecken.

»Mir wäre lieber, ich wüsste, wo dieser schreckliche Hund steckt«, wisperte Julius. »Ah, da ist er ja.«

Gerade kam nämlich auch Mr Jefferson in den Schankraum. Erik Blutaxt trottete hinter ihm her und ließ sich in seiner Stammecke nieder. Mr Jefferson rieb sich die Hände. So als hätte er gerade etwas zu seiner Zufriedenheit erledigt.

Plötzlich stieß Julius mit der Fußspitze gegen etwas. Vor ihm auf dem Boden lag Georgs Taschenlampe!

Wenigstens hatten sie Tim zusammen mit ihr in denselben Raum gesperrt. Das war für Georg ein kleiner Trost, wenn Tim ihr auch gerade keine große Hilfe war. Er hatte sich in eine Ecke zurückgezogen und schmollte demonstrativ. Wie hatte er sich nur so leicht überrumpeln lassen können! Ein blöder Anfängerfehler war das gewesen, sich mit einem Stück Wurst locken zu lassen, anstatt auf der Hut zu sein und seinem Frauchen zur Seite zu stehen!

Ein bitteres Lachen stieg Georg in der Kehle empor. Da hatte sie sich von einem »Wikinger« fangen lassen. Wie blöd! »Andererseits, Tim, wer kann schon von sich behaupten, von einem Wikinger entführt worden zu sein?«, sagte sie mit einem Anflug von Galgenhumor.

Doch Tim zog nur kurz das rechte Augenlid hoch.

»Du bist langweilig«, maulte Georg und begann, nun, da endlich durch den Lichtschacht Tageslicht in den Keller gelangte, den Raum in Augenschein zu nehmen. Vielleicht war etwas Nützliches zu finden, das sie weiterbrachte? Auf jeden Fall hatte man ihr zwei belegte Brote und eine Tasse Tee auf einen kleinen Tisch in der Ecke gestellt. Das fand sie sehr aufmerksam.

Georg deutete auf das Tischchen und grinste Tim an: »Das ist aber Stilbruch. Ein Wikinger hätte mir einen Humpen Most und ein Stück Fladen auf einem groben Keramikteller hingestellt.«

Georg stieg auf eine Truhe, die unter dem Lichtschacht stand, und zog sich an der Fensterkante hoch. Doch es war unmöglich, hinauszuschauen.

Georg konnte lediglich ein Stück Himmel erkennen, an dem noch der Morgendunst klebte. In dem Lichtschacht hatte sich altes Laub gesammelt und ein leises Rascheln verriet ihr, dass sich dort offenbar eine Maus häuslich niedergelassen hatte. Jetzt sind wir schon drei, dachte Georg, als ihr Blick an etwas anderem hängen blieb. Auf dem kleinen Fenstervorsprung lag ganz an der Seite, halb in einer aufgebrochenen Fuge verborgen, ein Schlüssel. Sie fischte ihn mit spitzen Fingern heraus und sprang wieder auf den Boden. Staub rieselte hinterher.

Die Truhe, auf der sie gestanden hatte, war ein schönes Stück aus solidem Eichenholz und mit ziselierten Beschlägen rund um das große Schloss.

Der Schlüssel wollte nicht in das verrostete Schloss gleiten. Das wäre ja auch ein zu schöner Zufall gewesen, wenn dies der Schlüssel zu dieser Truhe wäre, dachte Georg enttäuscht, als ihr eine Idee kam. Sie griff sich eines der Brote, nahm die Käsescheibe herunter und kratzte mit dem Finger etwas Butter vom Brot. Damit schmierte sie den Schlüssel ein und probierte es erneut.

Jetzt glitt der Schlüssel hinein und ließ sich,

wenn auch mit einigem Kraftaufwand, im Schloss drehen!

Als sie nun mit klopfendem Herzen den Deckel langsam anhob, sprang auch Tim auf die Pfoten und näherte sich neugierig der Truhe.

Ein unangenehmer Geruch strömte ihr entgegen, und da der Deckel in dem spärlichen Licht seinen Schatten auf das Innere warf, konnte Georg erst nicht erkennen, was sich in der Truhe befand. Erst als sie den schweren Deckel komplett aufgestellt hatte, sah sie es: Die Truhe war zur Hälfte gefüllt mit Gegenständen, die denen,

die hier bereits ausgegraben worden waren, sehr ähnlich sahen. Da waren verwitterte Keramikgefäße, Schnallen und andere grob geschmiedete Schmuckstücke und … mehrere Streitäxte!

»Nanu, Anne, bist du ganz allein?«

Erschrocken fuhr Anne herum. Sie war für einen Moment unaufmerksam gewesen und hatte ihren Onkel, der gerade die Zeitung hereingeholt hatte, gar nicht gehört. Sie hatte sich noch gar keine Erklärung zurechtgelegt. Was sollte sie nun sagen?

Doch in diesem Moment schrillte das Telefon und rettete sie.

»Geht das denn jetzt jeden Morgen so? Na ja, immerhin ist es nicht ganz so früh wie die letzten Male«, schimpfte Onkel Quentin, während er ins Wohnzimmer eilte, um das Gespräch anzunehmen.

Abwartend blieb Anne auf dem untersten Treppenabsatz stehen. Hoffentlich war nichts mit Julius, Richard und Georg passiert.

»Ich muss sofort zu *Hunter's Farm*«, erklärte Onkel Quentin, als er in den Flur zurückkam, und pfefferte die Zeitung auf die Kommode. Die würde er erst später lesen können. »Dabei wollte ich eigentlich heute gar nicht hin.«

»Warum nicht?«, fragte Anne.

Inzwischen war Tante Fanny aus dem Schlafzimmer gekommen.

»Nun, wir haben gestern im Gremium beschlossen, die Ausgrabungen für ein paar Tage ruhen zu lassen, bis wir entweder die Helfer davon überzeugen können, die Arbeit wieder aufzunehmen, oder Ersatz gefunden haben. Sie sind nämlich in Streik getreten, weil jemand sie eingeschüchtert hat.«

Das hatte Anne sich schon gedacht, aber sie hätte gern mehr Details gewusst. Zum Glück sprach ihr Onkel weiter. »Ich kann das in gewisser Weise verstehen, es hat wohl Drohbotschaften gegeben, auch wenn ich es für lächerlich halte, dass die Leute tatsächlich glauben, es handele sich um Botschaften der toten Wikinger.«

Tante Fanny zog sich den Gürtel ihres Bademantels fester. »Drohbotschaften? Was meinst du damit?«

Onkel Quentin druckste für einen Moment herum und überlegte, ob es schlau war, noch mehr Informationen preiszugeben. Aber Tante Fanny sah ihn eindringlich an.

»Nun, zwei Mitarbeiter haben vor ihrem Haus eine Streitaxt gefunden«, erklärte er schließlich.

Tante Fanny erschrak. »Und was war das eben für ein Anruf?«

Onkel Quentin seufzte. »Das war Mr Jefferson. Er war sehr aufgeregt und hat ziemlich wirr gesprochen, aber wenn ich ihn richtig verstanden habe, dann sind die Wachleute im Morgengrauen in seine Gaststube geflohen, weil sonderbare Gestalten im Morgennebel aufgetaucht seien, die ihnen gesagt hätten, sie würden sich zurückholen, was ihnen gehöre.«

»Er meint Wikinger?«, fragte Anne ungläubig und musste sofort an die merkwürdigen Spuren und die Streitäxte denken. Ob nun die Zeit gekommen war, Onkel Quentin von der Axt, die heute früh über der Haustür gesteckt hatte, zu erzählen?

Doch der sagte kopfschüttelnd: »Welch ein Humbug. Als ob die Wikinger eine Sprache sprechen würden, die man hier und heute verstehen würde! Die sprachen Altnordisch.« Er musste unweigerlich lachen. »Wie dem auch sei«, fuhr er fort. »Ich muss sofort aufbrechen. Fanny, es wäre sehr nett, wenn du mir eben noch eine Tasse Kaffee zubereiten würdest.«

Anne wagte nicht zu fragen, ob sie mitfahren dürfe, und war vor allem froh, dass ihr Onkel die Frage nach den anderen vollkommen vergessen hatte. Doch sie wusste, was sie zu tun hatte. In Windeseile verschwand sie in ihrem Zimmer und zog sich an. Dass Onkel Quentin noch eine Tasse Kaffee trinken wollte, gab ihr die Gelegenheit, sich in seinem Auto zu verstecken.

»Das kann jetzt nicht sein, oder?«, maulte Julius beinahe lautlos, als Richards Magen laut knurrte.

Richard machte ein verkniffenes Gesicht. »Ich kann nichts dafür. Das passiert, wenn man Hals über Kopf aufbricht, ohne vorher etwas zu essen.«

»Du verrätst uns noch!«, zischte Julius.

»Sag mir lieber, was wir jetzt tun sollen«, flüsterte Richard. »Nach Georg suchen oder die da drin beobachten?«

»Warum nicht beides?«, fragte Julius. »Ich bleibe hier auf dem Posten. Der Tisch wurde nicht nur für zwei gedeckt, ich bin neugierig, wer da noch zum Frühstück erscheint.«

»Georg wird es wohl nicht sein«, erwiderte Richard und hielt Georgs Taschenlampe in die

Höhe. »Ich werde mich mal weiter umsehen, aber verlass den Posten nicht. Nicht, dass ich dich nachher auch noch suchen muss.«

Julius staunte nicht schlecht, als kurz darauf vier Männer in der Gaststube erschienen. Auch durch das getönte Fensterglas waren sie schnell zu erkennen. Die gehörten zum Bautrupp! Aber hatte Ella nicht gesagt, sie seien von der Baustelle abgezogen worden?

Verdammt, wenn ich doch nur hören könnte, was sie besprechen, dachte Julius. Und dann verließ er allen Versprechungen zum Trotz doch seinen Lauschposten. Ihm war nämlich eine Idee gekommen.

Er schlich um das Haus herum und fühlte an der Sonnenterrasse, ob die Tür zur Toilette verschlossen war. Zufrieden stellte er fest, dass sie sich öffnen ließ. Genau, wie er es in Erinnerung hatte, gab es an der rückwärtigen Wand eine Tür, die zur Innentoilette führte. Diese war natürlich, wie er es erwartet hatte, abgeschlossen. Doch es gab darüber ein Oberlicht, und das stand einen Spaltbreit offen. Leise trug Julius einen kleinen Tisch, der neben dem Waschbecken stand, herbei und kletterte hinauf. Dabei hoffte er, das alte, klapprige Schätzchen möge unter seinem Gewicht nicht zusammenbrechen. Wenn ich doch so gelenkig wäre wie Richard, wünschte er sich, als er sich hinaufhangelte.

Es war wirklich schwer, sich durch das Fenster zu zwängen, und Julius war nahe daran, aufzugeben. Außerdem schürfte er sich an dem schadhaften Fensterrahmen gehörig die Hand. Es brannte wie Feuer, aber darauf konnte er jetzt keine Rücksicht nehmen.

Außer Atem schlich er zur Tür und ließ sich direkt daneben auf dem Boden nieder, um erst einmal tief Luft zu holen.

Dann erst wagte er es, in Zeitlupentempo die Klinke zu drücken und die Tür zentimeterweit zu öffnen.

Hoffentlich wittert Erik Blutaxt mich nicht, flehte Julius innerlich, denn er erinnerte sich, dass der Hund nicht weit von ihm unter der Bank döste. Er horchte angestrengt.

»Also, ihr zieht das Ding jetzt mit mir durch«, hörte Julius Mr Jefferson in scharfem Ton sagen. »Euer Chef hat es schließlich verbockt.«

»Aber hören Sie, Jonathan hier können Sie nun wirklich keinen Vorwurf machen«, sagte einer der

Männer. »Er ist kurzfristig eingesprungen im Bagger. Ihm hatte keiner was gesagt.«

»Ja, und deshalb hatte er nichts Besseres zu tun, als zu melden, dass er dieses Wrack freigelegt hat.« Das war wieder die Stimme von Mr Jefferson. »Pah, wisst ihr, wie viel Geld ich eurem Chef dafür bezahlt habe, dass genau das nicht passiert? Wisst ihr eigentlich, was wir hier schon alles an Fundstücken aus dem Boden geholt haben? Nicht zuletzt, als wir den neuen Brunnen gebohrt haben?«

Julius stockte der Atem. Mr Jefferson hatte also gewusst, dass sein Anwesen auf einer alten Wikingersiedlung stand? Und er hatte das Bauunternehmen bestochen, damit sie nichts davon verrieten und er so sein Bauvorhaben verwirklichen konnte? Was für ein Frevel!

»Es war ja auch ein gewagtes Spiel, das müssen Sie zugeben«, wandte einer der Männer ein.

Ein Knall war zu hören. Offenbar hatte Jefferson mit der Faust auf den Tisch gehauen. »Hat dich einer nach deiner Meinung gefragt? Der Plan war genial! Er stammte übrigens von meiner Nichte Ella, die mit eurem Chef verlobt ist. Vergesst das nicht. Nur seid ihr leider zu dumm gewesen, ihn umzusetzen.«

»Wie gesagt, Jonathan …«, fing wieder einer an, doch Jefferson fiel ihm ins Wort.

»Jonathan ist ein Idiot!«

»Schieb nicht alles auf mich!«, sagte einer – offenbar war es Jonathan – mit weinerlicher Stimme.

»Ihr könnt von Glück reden, dass Ella auch die Idee hatte, wie man die Wissenschaftler erst einmal wieder loswird«, fuhr Jefferson fort. »Es scheint ja zu klappen. Die sind erst mal weg. Wenn wir uns Mühe geben, können wir das Blatt vielleicht doch noch wenden. Ich habe sogar meine neue Markise eingerissen, um einen schlimmeren Sturm vorzutäuschen, als es eigentlich gegeben hat. Aber es war ein glaubwürdiges Indiz. Heute Morgen habe ich wie abgesprochen das nächste Puzzlestück eingefügt und im Felsenhaus angerufen. Der Wissenschaftler dort hat die Story geschluckt. Ihr seid geflohen, weil ihr von sonderbaren Gestalten bedroht worden seid.«

Julius stutzte. Offenbar war mit dem Wissenschaftler Onkel Quentin gemeint. Und Ella? Die hatte ihnen ja einen gehörigen Bären aufgebunden. Von wegen, die Männer von der Baufirma seien abgezogen worden.

»Trotzdem«, sagte einer der Männer. »Ich fand es nicht richtig, die Sachen zu zerstören. Ich meine, die sind viele Hundert Jahre alt und …«

Jetzt platzte Jefferson der Kragen. »Jetzt spiel hier nicht den Moralapostel! Meine Familie ist hier auch schon seit Jahrhunderten ansässig und ich habe verdammt noch mal das Recht, auf diesem Grund und Boden ein Hotel zu bauen. Das da ist der einzige Standort auf dem ganzen Gelände, wo sich der Untergrund für den Bau eignet. Kapierst du das?«

»Also, seid ihr weiterhin dabei?«, fragte nun Ella, woraufhin zustimmendes Gemurmel zu hören war.

Nur einer murrte, dass er sich ziemlich lächerlich dabei vorgekommen sei, mit diesen komischen Sandalen Spuren in den Boden zu trampeln.

Julius lehnte den Hinterkopf an die Wand und versuchte nachzudenken. Eigentlich hatte er nun gehört, was er hören wollte. Es war an der Zeit, abzuhauen. Sicher würde Richard schon nach ihm suchen.

Plötzlich hörte er Schritte herannahen, doch als er auf die Füße sprang, stieß er sich den Kopf am

Waschbecken und blieb für eine Sekunde stehen. In diesem Moment wurde auch schon die Tür aufgestoßen. »Nanu, wen haben wir denn da?«, sagte eine tiefe Männerstimme und vor Julius' Augen tanzte das rot-grüne Emblem der Baufirma.

Die Sensation

Das hätte sich Richard ja denken können, dass Julius nicht mehr an Ort und Stelle war, als er selbst unverrichteter Dinge zurückkam. Er hatte Georg nicht finden können.

Aber als er dann durch das Fenster spähte und beobachten musste, wie einer der Bauarbeiter Julius am Schlafittchen aus dem Toilettenraum zerrte, war er richtig sauer. Reichte es denn nicht, dass Georg spurlos verschwunden war? Und wieso waren da jetzt schon wieder die Leute vom Bautrupp? Hatte Ella nicht gesagt, die seien weg? Jetzt war guter Rat teuer!

In diesem Moment hörte er von hinten ein Motorengeräusch, und als er sich umdrehte, sah er ein wohlbekanntes Auto herannahen. Onkel Quentin. Gott sei Dank!

Aber sollte er sich einfach so zu erkennen geben? Vielleicht war es besser, wenn … Einer inneren Eingebung folgend, versteckte sich Richard hinter dem Blumenkübel neben dem Eingang. Und als Onkel Quentin auf den Eingang zusteuerte, machte er leise: »Pst!«

Onkel Quentin zuckte zusammen, entdeckte Richard jedoch sofort. Er zog die Augenbrauen hoch, verstand aber, dass er sich unauffällig verhalten sollte.

»Ich weiß nicht, wo Georg steckt, aber die halten Julius gefangen.« Richard machte eine Kopfbewegung Richtung Gaststube.

Onkel Quentin nickte kaum merklich und hob den Daumen zum Zeichen, dass er verstanden hatte. Dann betrat er hocherhobenen Hauptes das Gebäude.

Als Mr Jefferson Onkel Quentins Auto gehört hatte, hatte er den Männern befohlen, Julius umgehend im Hinterzimmer zu verstecken. Jetzt trat er mit ausgebreiteten Armen auf Onkel Quentin zu und begrüßte ihn überschwänglich freundlich. »Wie gut, dass Sie so schnell kommen konnten. Es ist wirklich unglaublich, was hier Nacht für Nacht passiert. Es ist, als ob ein Fluch auf diesem Ort lastet.« Theatralisch senkte Jefferson den Kopf.

»Ja, das finde ich auch«, erwiderte Onkel Quentin vollkommen ruhig. »Höchste Zeit, dass hier wieder Ruhe einkehrt.«

Ruckartig hob der Wirt den Kopf. »Dann sind

Sie also auch der Meinung? Wie gut. Es wäre wohl das Beste, alles wieder zuzuschaufeln und der Vergangenheit ihre Ruhe zu lassen. Wir dürfen doch niemanden gefährden, nicht wahr? Wissen Sie, ich wäre auch bereit, auf eine Unterkellerung meines Hotels zu verzichten, wenn damit die Vergangenheit ihren Frieden hat.«

Onkel Quentin setzte sich und legte seine Aktentasche vor sich auf den Tisch. »Sie haben vollkommen recht. Wir wollen doch niemanden gefährden. Deshalb möchte ich Sie als Erstes auffordern, meinen Neffen Julius freizulassen. Und falls Sie wissen, wo meine Tochter steckt, dann sollten Sie auch sie schleunigst herholen. Ich gebe ja zu, dass sie ein wenig vorlaut und oftmals sehr neugierig ist, aber Sie wissen sicher, dass Freiheitsberaubung strafbar ist.«

»Ich verstehe nicht …«, tat Mr Jefferson unwissend.

Julius, der im Hinterzimmer festgehalten wurde und dem sein Aufpasser eine kräftige Pranke auf den Mund drückte, versuchte, sich loszureißen, als er dies hörte. Doch all seine Anstrengungen waren vergeblich. Nur ein Stuhl schrappte über den Boden, als er ihm einen Tritt versetzte.

»Ich nehme an, mein Neffe befindet sich im Hinterzimmer«, sagte Onkel Quentin. »Lassen Sie ihn also bitte frei.«

Plötzlich kam Ella angestürzt und scheuchte die Bulldogge von ihrem Platz auf. »Pass auf!«, befahl sie dem Tier, das sofort die Zähne fletschte und vor Onkel Quentin in Position ging.

Doch Onkel Quentin ließ sich von Erik Blutaxt nicht einschüchtern, sondern blieb vollkommen ruhig, was Ella offenbar noch nervöser machte. »Hören Sie«, sagte er. »Ich habe zwar noch nicht vollkommen durchschaut, was für ein Spiel hier gespielt wird, aber ich weiß, dass Sie sich um Kopf und Kragen reden und sich immer weiter in die Misere bringen. Sie glauben doch nicht im Ernst, dass ich hierhergekommen bin, ohne Vorsorge zu treffen.«

»Wie meinen Sie das?«, fragte Mr Jefferson, wobei eine gewisse Besorgnis in seiner Stimme mitschwang.

Onkel Quentin sah auf die Uhr. »Nun, wenn ich nicht in den nächsten zehn Minuten daheim anrufe, werden meine Frau und meine Nichte Anne der Polizeiinspektion einen Bericht übergeben, in dem Sie als Schänder kulturhistorischer Stätten genannt sind, zusammen mit einigen Indizien, die ich schriftlich festgehalten habe. Sie wissen, dass das unter Strafe steht. Ebenso wie Freiheitsberaubung, wenn ich Sie noch einmal daran erinnern darf.«

Jefferson zögerte.

»Ich denke, wenn Sie sich jetzt kooperativ zeigen, werden wir eine Lösung finden«, machte Onkel Quentin einen letzten Versuch.

Seufzend ließ sich Mr Jefferson auf einen Stuhl nieder und stützte die Hände auf die Knie. »Können Sie mir das zusichern?«

Onkel Quentin hob beide Hände. »Ich werde tun, was in meiner Macht steht. Aber Sie müssen jetzt bitte endlich diesen Hund entfernen. Er stinkt aus dem Maul.«

»Schnuffi, komm her!«, befahl Mr Jefferson.

Ein Grinsen huschte über Onkel Quentins Gesicht. Hatte dieser Mann gerade wirklich Schnuffi zu diesem Koloss gesagt?

Richard, der mit Spannung das Geschehen beobachtete, sah, wie die Hintertür aufging und Julius hereingeführt wurde. Eine Minute später kam auch Georg schimpfend hereingestürmt, gefolgt von Tim. Jetzt entschied Richard, dass es an der Zeit war, sich selbst ebenfalls drinnen sehen zu lassen.

Gerade wollte er den Raum betreten, als er von hinten gepackt wurde.

»Anne! Musst du mich denn so erschrecken? Und wo kommst du so plötzlich her?«

»Blinder Passagier«, antwortete Anne kurz und grinste zufrieden.

Richard zog sie am Ärmel. »Komm, wir werden da drinnen gebraucht.«

Als Richard und Anne die Schankstube betraten und Mr Jefferson Anne entdeckte, klappte ihm die Kinnlade runter. Er starrte Onkel Quentin an. »Sie haben geblufft!«

Onkel Quentin, der selbst überrascht war, Anne hier zu sehen, ließ sich das aber nicht anmerken. »Nun, Mr Jefferson, Bluffen gehört zum Geschäft. Wer wüsste das besser als Sie?«

»Vater, du glaubst nicht, was ich da unten im Keller gefunden habe!«, rief Georg endlich. Sie war schon ganz nervös und konnte es nicht mehr abwarten, von ihrem Fund zu berichten. »Lauter Fundstücke aus der Wikingerzeit! Die Streitäxte, die stammen von ihm!« Georg zeigte auf Mr Jefferson.

»Ja, ich habe auch eine Menge interessanter Informationen mitbekommen«, mischte sich jetzt Julius ein und rieb sich die schmerzende Hand. »Ich denke, wir können ein schönes Puzzle zusammensetzen.«

»Bist du verletzt?«, fragte Onkel Quentin und zeigte auf Julius' Wunde.

»Halb so wild«, erwiderte der und fasste sich auch noch an den Kopf, wo eine Beule zu blühen begann.

Die Bauleute sahen verschämt zu Boden. Sie waren vollkommen unsicher, wie sie sich verhalten sollten.

Selber schuld, dachte Georg.

In diesem Moment ertönte ein merkwürdiges Geräusch und Richard stieg die Röte ins Gesicht. Es war sein Magen, der da geknurrt hatte.

»Darf Ella Ihnen vielleicht ein Frühstück bereiten?«, fragte Mr Jefferson und katzbuckelte vor Onkel Quentin.

Doch Onkel Quentin, der dieses kriecherische Verhalten eines Menschen, der nur auf seinen eigenen Vorteil bedacht war, missbilligte, lehnte dankend ab. »Ich denke, wir werden jetzt erst einmal zum Felsenhaus fahren. Noch heute werden die Leute vom archäologischen Institut die Arbeit wieder aufnehmen.«

»Aber …«, protestierte Mr Jefferson.

Doch Onkel Quentin hieß ihn mit einer Handbewegung schweigen. »Ich habe gesagt, dass wir eine Lösung finden werden, und das werden wir.«

Indem sie nach draußen in die frische Morgenluft traten, sagte Onkel Quentin: »Nun sind die zehn Minuten verstrichen und ich habe nicht im Felsenhaus angerufen.«

»Du hast was?«, fragte Georg.

»Ach nichts«, sagte Onkel Quentin und lachte vor sich hin.

Georgs Sorge, ihr Vater könnte verärgert sein, weil sie sich in Gefahr gebracht hatten und er ihnen aus der Patsche hatte helfen müssen, war unbegründet. Im Gegenteil. Onkel Quentin war bester Laune, stellte den Freunden viele Fragen und war erstaunt, was sie alles herausgefunden hatten. Detail für Detail setzten sie alles zu einem großen Ganzen zusammen.

Wenige Tage später las Tante Fanny am Frühstückstisch die Überschrift vor: »Sensationeller Fund bei *Hunter's Farm*. Ausgrabungen schreiten gut voran. Freilichtmuseum geplant.«

»Und Mr Jefferson?«, fragte Anne sofort. »Was ist mit ihm? Geht er nun doch leer aus? Was ist denn nun der Deal?« Plötzlich tat ihr der Mann doch ein wenig leid.

Aber Onkel Quentin beruhigte sie. »Nein, natürlich nicht. Aber er wird das Hotel nicht so bauen können, wie er es geplant hat. Er wird einen Teil der Scheune zu einem kleinen Hotel umbauen. Natürlich hat er dort nicht so viel Platz und muss sich mit viel weniger Zimmern begnügen, als er ursprünglich geplant hatte. Dafür wird er an den Umsätzen des Freilichtmuseums beteiligt. Wie ein Pächter sozusagen.«

»Er könnte das Ganze doch auch vermarkten«, meinte Georg. »Er könnte einen kleinen Kiosk aufstellen und Wikingersouvenirs verkaufen.«

Onkel Quentin nickte zustimmend. »Das ist eine gute Idee, Georgina. Das solltest du ihm vorschlagen. Ich werde heute Nachmittag noch einmal hinfahren. Wenn ihr wollt, könnt ihr mitkommen.«

»Ja!«, riefen die Freunde durcheinander.

»Eine Frage habe ich noch«, sagte Julius. »Wie heißt eigentlich der eine Mitarbeiter mit den schwarzen Haaren?«

»Der heißt Erik«, antwortete Onkel Quentin und wunderte sich, dass die Freunde in schallendes Gelächter ausbrachen. Tim stimmte mit einem kräftigen Wuff-Wuff mit ein.

Adele Griffin

Das Vampir-Trio

Verflixte Fledermaus!

ca. 156 Seiten, ISBN 978-3-570-15355-0

Vegetarische Vampire? Soll ja wohl ein Witz sein. Ist aber keiner. Und für die drei Geschwister Lexie, Hudson und Maddy auch gar nicht so wahnsinnig komisch. Denn eigentlich wollen sie endlich sein, wie alle anderen. Gar nicht so einfach, wenn einen immer mal wieder die eigenen Vampir-Eigenschaften überkommen. Ob Lexie sich im Sportunterricht mit ihrer übermenschlichen Schnelligkeit blamiert, Hudson beim Schulprojekt in den Jargon des 19. Jahrhunderts verfällt oder Madison mit ihrer blutarmen Diät ringt, eins ist klar: Die drei Geschwister sind was Besonderes. Wird es das Vampir-Trio trotz urkomischer Peinlichkeiten, Schul-Chaos und echten Blutsaugern in der Nachbarschaft wohl schaffen, echte Freunde zu finden?

cbj

www.cbj-verlag.de

10183

Gitty Daneshvari

Das Geheimnis von Summerstone

Die fabelhaften Fünf

ca. 288 Seiten, ISBN 978-3-570-13601-0

Mrs Wellington, die Direktorin von Summerstone, hat Madeleine, Garrison, Theo und Lulu zu einem Auffrischungskurs eingeladen. Die vier geben zwar vor, im letzten Jahr von ihren Ängsten geheilt worden zu sein, doch Mrs Wellington weiß es besser: So hat Madeleine zwar ihr Imkerkostüm abgelegt, trägt aber nachts einen Insektenschleier. Garrison spielt den begeisterten Surfer, geht jedoch morgens nur an den Strand, um mit nassen Haaren in der Schule zu erscheinen. Und die neue Schülerin, Hyacinth, hat panische Angst davor, allein gelassen zu werden. Bevor sich die Fünf dem neuen Lehrplan stellen können, müssen sie die Schule und Mrs Wellington aus großen Gefahren retten.

cbj

www.cbj-verlag.de

10172

Alle Bände auf einen Blick

Fünf Freunde

... erforschen die Schatzinsel (Band 1)
... auf neuen Abenteuern (Band 2)
... auf geheimnisvollen Spuren (Band 3)
... auf Schmugglerjagd (Band 4)
... beim Wanderzirkus (Band 5)
... auf der Felseninsel (Band 6)
... im Zeltlager (Band 7)
... geraten in Schwierigkeiten (Band 8)
... helfen ihrem Kameraden (Band 9)
... auf großer Fahrt (Band 10)
... als Retter in der Not (Band 11)
... im Alten Turm (Band 12)
... jagen die Entführer (Band 13)
... verfolgen die Strandräuber (Band 14)
... wittern ein Geheimnis (Band 15)
... auf dem Leuchtturm (Band 16)
... im Nebel (Band 17)
... und das Burgverlies (Band 18)
... und die wilde Jo (Band 19)
... und der Zauberer Wu (Band 20)
... machen eine Entdeckung (Band 21)
... meistern jede Gefahr (Band 22)
... und das Höhlengeheimnis (Band 23)
... und die Juwelendiebe (Band 24)
... und die geheimnisvolle Formel (Band 25)
... und die Entführung (Band 26)
... und das versunkene Schiff (Band 27)
... und die schwarze Maske (Band 28)
... jagen die Spione (Band 29)
... auf Expedition (Band 30)
... und das Geheimnis der Statue (Band 31)
... und die geheimnisvolle Schatztruhe (Band 32)
... und die seltsame Erbschaft (Band 33)
... suchen den verschollenen Goldschatz (Band 34)
... im Dschungel (Band 35)
... und der verdächtige Professor (Band 36)
... entlarven den Betrüger (Band 37)
... und das Vermächtnis des Ritters (Band 38)
... und die verschwundene Erfindung (Band 39)
... und die versteckten Perlen (Band 40)
... und der geheimnisvolle Schneemensch (Band 41)
... und der rätselhafte Friedhof (Band 42)
... und der gefährliche Wassermann (Band 43)
... und die geheimnisvolle Burgruine (Band 44)
... retten die Felseninsel (Band 45)